千里眼
ミッドタウンタワーの迷宮

松岡圭祐

角川文庫 14615

目次

監視

その望遠鏡は大砲のような大口径で、長さも三メートル近くある。被写体に向けるのも至難の業だ。

地上百五十メートルのこの高さから地上を狙おうとすると、望遠鏡は急角度で下向きになる。さいわい、このビルのオフィスフロアは全面ガラス張りだ。床ぎりぎりにレンズを向けても、支障はない。

ただし、望遠鏡を覗《のぞ》きこむには骨が折れる。脚立に昇って、天井に頭を打ちつけそうなくらいの位置からようやく覗くことができるありさまだ。

「どれどれ」遼《リャン》はつぶやいた。「午後二時か。ご出勤の時間も近いな。倍率を上げてみるか」

ダイヤルを回していくと、夏の午後の陽射しが降り注ぐ都心部は拡大されていき、視界は息を呑《の》むほど地上に迫っていく。

ピントを調整すると、洒落《しゃれ》た赤いレンガ風のタイルに覆われたマンションのエントランスが見えた。

西麻布《にしあざぶ》。高級住宅街の一角。俺たちとは生まれも育ちも違う連中が、ごく当たり前に感じているであろう風景。驚異的に拡大された望遠鏡の視界は、そのマンションの三、四階のバルコニーに立って、玄関先を見下ろしているような錯覚さえ生む。

「いい暮らしだな」遼はいった。「あのエントランスのタイル、一枚で俺の田舎の一軒家が買えるぜ」

脚立の下から張《チャン》の声がする。「四川《スーチョワン》盆地も最近じゃ地価が高いって聞いたぜ?」

「馬鹿。そいつは成都《チョントゥー》とその周辺だけだろうが。東の湖南《フーナン》省との境付近に暮らしてみろよ。人よりパンダの命のほうが重視されている地域だ」

「ぼやくなよ。いまじゃ立派にお国のために働けてるだろうが」

「このばかでかい望遠鏡で、政府のやつらのはげ頭をぶん殴ってやりたくなる」

「五百キロもあるこいつを持ちあげられる腕力が、お前にあるならな」

遼は顔をあげた。張が、紙コップに入ったコーヒーを差しだしてきた。

「ありがとよ」と遼はそれを受けとりながら、望遠鏡に目を戻した。

そのとき、動きがあった。エントランスからひとりの女がでてくる。

「来たぞ」遼はいった。

「高遠由愛香《たかとおゆめか》か？」

「ああ。間違いない」

年齢は二十九歳。瘦《や》せていて、すらりと高い長身はモデルのようでもある。高そうなスーツを着て、首にはエルメスのスカーフを巻いていた。ハンドバッグも当然のごとくエルメス。長い髪にかかったウェーブはヘアスタイリストの世話になったかのように完璧《かんぺき》にセットしてある。サングラスをかけているが、人目を避けるどころか無限に目立つ存在感を放っていた。

倍率をさらに拡大すると、サングラスのフレームに入っているブランドのマークまで読みとれた。

「シャネルかよ。いちいち金をかけたがる女だ」

「美人にゃ金が集まってくるもんだ」

「この女、お前のタイプかい？　張」

「さあ……な。だが、強情そうな顔をした女は嫌いじゃないな。由愛香もそうだろ？　目がきつくて、どちらかといえば強欲、やや意地悪そうで」

「セレブの類《たぐ》いはみんなそうだろ。お前がそんな趣味だとはな……。おっと、待て。もうひとりでてきた」

今度の女は由愛香よりいくらか若くみえる。小柄だし、痩せてはいるが女子学生のようにもみえる。黒髪をショートにまとめ、この界隈《かいわい》では場違いなありふれた安物のスーツを着ていた。ハンドバッグにいたってはノンブランド品のようだ。

「誰だろな」遼は観察しながらいった。「若く見えるが……それでも二十代半ばぐらいか。昔の末広涼子《りょうこ》みたいな感じの女だ」

「広末《ひろすえ》だろ。スエヒロはお前がよく行く焼肉屋だろうが」

「いいんだよ、細《こま》けえことは。それにしても、高遠由愛香のお友達にしちゃ地味な娘だな」

「雪村藍《ゆきむらあい》だろ」張は投げやりに告げてきた。「ソフトウェア会社に勤務する、ごく普通のOLだよ」

「高遠由愛香とどんな関係だ？」

「友人同士らしい。たぶん由愛香が持ってる飲食店のどれかの常連客だったんだろう。由愛香はいつも、藍を見下した態度でからかってる」

マンションの玄関先では、たしかに一見そんな光景が繰りひろげられている。気取ったしぐさでたたずむ由愛香が、藍に咎《とが》めるような目を向けて、なにか小言を口にしていた。

音声が聞こえないのが残念だが、どうやら藍のファッションセンスにひとことあるようだ。

ただし、遼の目にはふたりの関係は張の指摘と逆に見えた。

からかっているのはむしろ藍のほうだ。由愛香のセレブ気取りを内心では嘲笑《ちょうしょう》している。藍はときおり、その態度をあからさまにちらつかせるが、由愛香のほうはそれを皮肉と気づかず、ますますのぼせあがるといった図式だ。

思わず遼は苦笑した。女の世界にも凸凹《でこぼこ》コンビってのはいるんだな。

由愛香がリモコンを操作し、エントランスの脇のシャッターがあがる。ガレージからのぞいているのはアルファロメオのアルファ8cコンペティツィオーネ。

ひゅうと口笛を吹いて遼はいった。「すげえの乗ってやがる。それもホイールが金メッキの特注品だ」

「二千二百万円、世界四百台限定だからな。この手のが日常走ってるなんてモンテカルロか六本木《ろっぽんぎ》近辺だけだってよ」

「不公平だな。金ってのは一箇所に集中しちゃいけねえよな」

「そうとも。だから解放してやるのさ」

「だな。解放だ」

雪村藍はしかし、クルマにもさしたる関心を持っていないようだった。由愛香がこれ見よがしに振る舞っているのに、藍は知らん顔だ。

男と女の違いか。女はクルマの価値に無頓着《むとんちゃく》だ。そういう意味でみれば、藍のほうが女らしいのだろう。由愛香はブランド品が権力に直結すると考えている。権力志向、つまりは男のものの考え方だ。

都内に十四もの飲食店をチェーン展開して、年商四十億をあげる企業のオーナーともなれば、それぐらいの競争心がなければ勤まらないのだろう。

遼がそう思ったとき、望遠鏡の視界のなかにもう一台のクルマが滑りこんできた。鮮やかなオレンジいろに輝くランボルギーニ・ガヤルド。停車したその車体から降り立ったのは、これまた異彩を放つ女だった。

その女の登場は、由愛香と藍の存在を一瞬忘れさせるほどだった。なにがそこまで周りの空気に影響を及ぼすのかわからない、それでもたしかな存在感がある。

背は由愛香ほど高くない。百六十五前後だろうか。頭部が小さいので小柄に見えるが、八頭身か九頭身の抜群のプロポーションとあいまって息を呑むほどの美しさだった。服装はカジュアルそのもので、白のTシャツにデニム地の上下、足もとはスニーカーだった。安易にみえるがどれも高価なものばかりで、ファッションセンスも抜群であり、控えめだが趣味のよさという点では申しぶんない。

腕と脚はすらりと伸び、髪は褐色に染めて肩にかかる長さだった。遼はよく見ようと顔にピントを合わせた。

女は紅《べに》いろのサングラスをはずした。

瞳《ひとみ》が異常なほど大きく見えるのは、やはり顔の小ささゆえのことだろう。化粧は薄く、ほとんどすっぴん顔ながら、肌艶《はだつや》は少女のように滑らかだった。美人だが、変わった顔をしている。一見鈍そうだが、目つきは鋭い。女子大生のように若々しくもあり、人生に熟達した知性を感じさせる面影もあった。

クルマから降りたときの動作にも無駄はなく、運動神経のよさを感じさせる。実際に鍛えているようだ。着痩せするタイプらしく、服の上からはさほどわからないが、無駄な贅《ぜい》肉《にく》はほとんど身についていないだろう。

「三人めの女だ」遼は張に告げた。「ガヤルドに乗ってる。いま由愛香たちと笑顔を交わして……歩み寄ってく。待ち合わせしてたみたいだ」

「ガヤルドの女だって？　知らないな。由愛香の同業者か？　別の店舗の経営者とか？」

「さあ……そんなふうには見えん。実業家というより、若くして医者とか弁護士の道で成功したって感じだが……。いまはプライベートらしく普段着姿だ」

「報告しとくか?」

「そうだな。いちおう……」

ガヤルドの女に対する藍の態度は、由愛香へのそれとは正反対だった。人なつっこい笑みを浮かべて、さも親しげに擦り寄っていく。由愛香のほうは心なしか嫉妬《しっと》心をのぞかせているようにも思える。

あのOLを奪い合っている仲というわけではないのだろう。由愛香の嫉妬は、ガヤルドの女の存在自体に向けられたものだ。

その場にいるだけで、誰も目を逸《そ》らすことができなくなる。そうした存在には稀《まれ》に出くわす。ガヤルドの女は、まぎれもなくその人種に属している。

拡大して手もとを眺める。ガヤルドの女もエルメスのバッグを持っているが、由愛香のケリーバッグと違い、よりカジュアルなバーキンのブルージーンだ。手首にはカルティエのラブブレス。中指にはブルガリのビー・ゼロワンをはめている。薬指にはなにもない。

独身なのだろう。

どうやら雪村藍はガヤルドの助手席に乗っていくようだ。由愛香はそれほど気を悪くしたようすもないようだが、本心はどうかわからない。

由愛香は東京ミッドタウンに向かうのだろうが、ガヤルドのほうの行き先はどこだ。

監視対象であるはずの由愛香よりも、いまとなってはガヤルドの女が気になる。と、ガヤルドに乗りこむ寸前、その女の大きな瞳がこちらをまっすぐに見据えた。

遼はどきっとして身を退かせた。

「どうかしたか」と張が聞いてきた。

「いや……」遼はふうっとため息をついた。

肉眼でガラスごしに、地上との距離をたしかめることで、ようやく安堵《あんど》を覚える。向こうからこちらを見つけられるわけがない。

ふたたび望遠鏡を覗《のぞ》きこむと、ガヤルドはすでに走り去っていた。

冷や汗をぬぐいながら、遼はひとりごちた。やれやれ。千里眼じゃあるまいし。

岬美由紀は都心部の空に建つ、真新しく巨大なビルを眺めていた。その先端部には雲がかかっている。非現実的な光景は想像を元に描かれた絵画のようだった。

藍がガヤルドの助手席から顔をのぞかせる。「美由紀さん、どうかしたの?」

「いえ、べつに……」美由紀は思ったままを言葉にした。「由愛香が、すごいところに店を開くんだなぁって感心してたの」

「そうでしょ」由愛香はアルファロメオの脇で、モデルのように気取った姿勢をとった。

「開店前に入れるだけでも幸運なのよ。それなのに手伝いにも来てくれないなんて、友達甲斐のない人たちね。オープン後には一般のお客さんと一緒に並んでもらうわよ」

「はん」藍は肩をすくめた。「行かないとは言ってないけどさ。わたしたちも忙しいし」

「どこがよ。きょうは土曜で、仕事休みでしょ」

「明日行きますって。じゃ、美由紀さん。早く」

美由紀は戸惑いがちに由愛香に声をかけた。「ごめんね、由愛香。藍のほうとは、前から約束してた日だし……」

「ええ。いいのよ」由愛香は微笑したが、どこか冷ややかな響きのこもった声で告げた。「その代わり、明日は時間どおりに来てよ。遅れたら美由紀にも働いてもらうから」

「わかった。本当にごめんなさい。また明日ね」美由紀はそういって、ガヤルドの運転席に乗りこんだ。

助手席で藍がつぶやいた。「由愛香さん、東京ミッドタウンの新しいお店を自慢したくてウズウズしてるね」

「わたしも興味はあるんだけど、藍を航空ショーに連れてくほうが優先だし」

「……わがままだったかな。キャンセルしたほうがいい？　ああいう屋外の催しって、昔から行きたかったんだけど、行けなくて……。いまは出かけてみたくてしょうがないの。

不潔恐怖症、治らないほうがよかったかな」

「そんなことないわよ。偏食も治ったんでしょ？」

「二キロ太っちゃった。よく食べるようになったから……。でも、美由紀さんには心から感謝してるよ。一生の悩みだと思ってたのに」

「わたしが変えたわけじゃないの。あなたが変わったのよ」

「名高い臨床心理士の美由紀さんが友達で、本当によかった。あ、美由紀さん……」

「なに？」

「わたしたち、友達だよね？　そのう……美由紀さんって年上なのに、わたしいつもタメグチきいちゃって」

「年上っていってもふたつしか違わないでしょ？　二十八歳と二十六歳なんてほとんど同世代」

「そんなふうに言ってくれるなんて、ますます美由紀さんを好きになりそ。三十路《みそじ》近い女は人生焦ってるせいか、性悪になる人もいるのに……」

「由愛香はいい人よ」

　美由紀はそういいながら、エンジンをかけた。去りぎわに、窓の外の由愛香にあいさつしようと目を向けた。

ところが由愛香は、こちらを見てはいなかった。仏頂面でアルファ8cに乗りこみ、シートベルトを締めにかかった。あえて美由紀に視線を合わせまいとしているかのようだ。

そのしぐさが美由紀の胸にひっかかった。わたしと目を合わせたがらない。心を開いてはくれない。世のなかの、ほかの大勢の人々と同じように。

前方に向き直り、美由紀はそのもやもやした考えを追い払った。いまに始まったことではない。彼女の心に土足で踏みいってしまうのはわたしのほうだ。たとえ友達であっても、警戒するのは当然のことだ。

再会のとき

常磐《じょうばん》自動車道の千代田石岡《ちよだいしおか》インターチェンジを下りて、国道六号線を水戸《みと》方面に、さらに三五五線、県道五九号線へとガヤルドを飛ばす。古くからある商店街を抜けて、トヨタ系ディーラーがある角を折れて、ひとつめの信号を左折。

ナビなど見なくても、道筋は美由紀の頭に入っていた。クルマで何度も都内と往復しただけでなく、このナビ画面にあるような俯瞰《ふかん》の視点から地上を何度も眺めたことがある。田舎の平野に存在する広大な敷地。百里《ひゃくり》基地の正門が見えてきた。

「着いたぁ」助手席の藍がいった。「思ったより早かったね」

美由紀は思わず笑った。わたしのほうは、地上を走らねばならないもどかしさのせいか、ずいぶん長い道のりに感じたのに。

かつての職場に舞い戻った後ろめたさはなかった。きょうの基地は、いつもとは様変わりしている。

航空祭の日の基地を、美由紀は現役時代にいちども目にしたことがなかった。その日、首都圏防衛を担う九部隊二千人の隊員たちの大半は、近隣の別の基地で普段どおりの業務に就くことになっている。いつスクランブル発進を命じられるかわからないアラート待機中のパイロットたちも、一時的にその居場所を変えているにすぎない。

そんな主力部隊の留守どきの基地は、まるで遊園地に生まれ変わったようだった。色とりどりの巨大バルーンがそこかしこに揺らぎ、青空には花火とともにブルーインパルスのアクロバット飛行が繰り広げられている。

駐車場にガヤルドを停めたとたん、藍はドアを開けて飛びだした。頭上を見あげて藍は叫んだ。「わー、すごーい！　あんなにくっついて飛んでる！　飛行機雲で星とかハートとか描いてるよ」

美由紀もクルマを降りながら空に目を向けた。「スタークロスにバーティカルキューピッドかぁ。懐かしいね。タッククロスもデルタループもさらに腕があがったみたい。もう世界有数のレベルね」

「ねえ、美由紀さんもああいうことやれたの？」

「わたしはデモンストレーション・フライトの専門家じゃなかったし……」

つぶやきは自然に途絶えた。駐車場から会場につづく人波のなかで、美由紀の注意が喚起された。

一般客のなかに、見覚えのある人がいた。頭に白いものが混じった四十代後半の男。ややふっくらした顔つきになったようだが、それでも精悍《せいかん》さが感じられるあたり、現役のころの面影がある。カジュアルな服装だが、制服姿と同じ威厳が感じられた。

美由紀はその男を追って声をかけた。「板村《いたむら》三佐」

航空自衛隊の上官には珍しかった、温和で控えめな性格で知られる板村久蔵《きゅうぞう》元三等空佐が、なぜかびくついたようすで振り向いた。

目を丸くして、板村は美由紀を見つめた。「まさか……。岬美由紀か？」

「おひさしぶりです。ここにおいでだったなんて……」

「岬」ようやく板村の顔に笑いが浮かんだ。「きみが航空祭に来るなんてな。予想もしなかったよ」

「板村さんも。お元気そうですね。きょうは、おひとりなんですか？」

「ああ。妻も娘も、戦闘機には興味がないからなぁ。女に理解を求めるのは無理ってもんだよ」

「そうでもないですけど。わたしの女友達は早くもブルーインパルスに興味津々だし」

「ふうん。友達のつきあいで、ここに？」

「いえ……。それだけじゃなくて、広報のほうから講演のために呼ばれたので……」

「講演？」

「このところ米軍パイロットの不祥事がつづいたから、地域住民に安心を与えるために、パイロットが心身ともにいかに強靭《きょうじん》であるか説明してくれって。ようするに、操縦ミスはめったに起きないっていう広報活動に、力を貸してくれっていう依頼があって」

「なるほど。いまのきみの仕事は臨床心理士だからな、適任だよ。噂はかねがね聞いてるよ。なんでも……千里眼だって？」

「知らない間にそんなニックネームが広がっちゃっただけです。ここで培われた動体視力をもってカウンセラーに転職して、人の表情筋の読み方を学んだら……どうやらベテランの臨床心理士よりも早く、人の感情を読みとれるようになってたみたいで」

板村は笑った。「そりゃ、怖いな」

美由紀は調子を合わせて笑ったが、心のなかには翳《かげ》がさした。

眼輪筋の収縮がない。板村はつくり笑顔を浮かべている。のみならず、片方の頬《きょう》筋がわずかに吊《つ》りあがって、嫌悪や警戒心を働かせた兆候がみえる。一瞬の変化だが、美由紀の目は見逃さなかった。

感情が読める美由紀に顔を向けまいとするかのように、板村はふいに踵《きびす》をかえした。

「すまないが、私も古巣の仲間と語りあいたいのでね。もし会えればまた後で」

「ええ。そうですね……」

歩き去り、人ごみのなかに消えていく板村の背を、美由紀は見送った。

藍が近づいてきて声をかけた。「美由紀さん。いまの人、誰？」

「現役だったころの上官。いろいろお世話になった恩師なの」

「へえ。そうなんだ。やさしそうな人だったね」

同感だった。それゆえに、美由紀のなかでいまだに癒《い》えない過去の傷が、また疼《うず》きだした。

板村三佐は、美由紀が命令違反を承知で救助活動に出動した際、唯一理解をしめしてくれた上官だった。彼は美由紀をかばい、救難ヘリの発進を許可し、結果として除隊の憂き目にあった。美由紀もその後、自衛隊を辞め、板村には落ち度がなかったことを証明しようとしたが、彼の復職はかなわなかった。

父親のように温かい心で接してくれた板村の心には、ひとかけらの曇りもなかった。当時、わたしはまだ他人の感情を読むことはできなかったが、それでもわかる。彼は正しく、真っ当な人物だった。

けれども、いまひさしぶりに板村と接した瞬間、かつてとの違いを悟った。彼はなにか隠しごとを抱えていた。わたしに知られたくないなにかを。

考えすぎだろうか。由愛香にしろ板村にしろ、人として生きているからには、内に秘めておきたいこともあるだろう。わたしが千里眼の持ち主と信じるからには、距離を置きたいと感じるのもやむをえないことかもしれない。

孤独感と猜疑心《さいぎ》が混じりあった微妙な感情が渦巻く。もう昔のように、人を信じて生きることはできないのだろうか。

「ねえ。美由紀さん、行こうよ」藍が会場の入り口へと手をひいた。

「そうね……。行きましょう」

悩んでいても始まらない。美由紀はメイン会場となっているエプロン地区へと歩を進めていった。

広々としたエリアの一帯に、無数の自衛隊機が展示してある。美由紀にとって馴染《なじ》み深いF15DJもあれば、偵察機RF4の姿もある。当然のことながら、兵装は外されていた。どの機体も黒山の人だかりで、近づくのも容易ではない。

そんななかで、自衛隊に属していない海外からのゲストの機体が目をひく。入り口にほど近いところにある、迷彩柄の機体。美由紀は歩み寄っていった。

藍がきいてきた。「これ、どんな飛行機?」

「ミグ25フォックスバット……。ロシア空軍の戦闘機」

「ふうん。速いの？」

美由紀は黙って尾翼の赤い星を見つめた。

たしかに速い。日本海上空を領空侵犯してくる、定期便と呼ばれる確信犯的な機体の接近に対し、こちらも何度となくスクランブル発進し、空で遭遇した。F15のマッハ二・五に対しミグ25はマッハ三近い速度で飛ぶ。性能はたいしたことはなかったが、スピードだけは群を抜いている。追いまわすほうも楽ではなかった。

妙なことに、ロシア人パイロットらしき男が機体の近くにいる。整備士らも駆けずりまわって、プリフライトチェックに余念がないようだ。飛ぶつもりだろうか。

そのとき、男の声がした。「安心しなよ、きょうは敵機じゃないぜ。午後からのデモンストレーション飛行の準備に入ってるだけさ」

聞きたくなかった声。いや、聞きたかった声かもしれない。どちらともとれない。自分がこの再会を期待していたのか、それとも拒んでいたのか。それすらもはっきりしない。

近くに立った、航空自衛隊の制服に身を包んだ背の高い男を、美由紀は見あげた。

「あいかわらず、いきなり声をかけてくるのね。不意打ちしかできないんだっけ？」

美由紀は皮肉めかせていったが、相手の精悍かつ端整な顔を直視したとき、思わずどきっとした。

冷静でなくなってしまう。そんな兆候をみずから感じとったからだった。

だが、藍のほうはもっと自然に感情をさらけだしていた。藍は顔を輝かせながらたずねてきた。「こ、この人、美由紀さんの知り合い？　かっこいい……」

にやっと笑った男に警戒心を向けながら、美由紀は藍に告げた。「伊吹直哉《いぶきなおや》一等空尉。三十二歳。第七航空団、第三〇五飛行隊。まだＦ15に乗れてるんだっけ？」

「おかげさまでね」伊吹はいった。「まさかここに来るなんてな。百里は二度とご免だって言ってなかったっけ？　かわいいお友達を連れてるね」

「よろしく」藍は満面の笑みを浮かべた。「わたし、雪村藍っていいます」

「藍。だめよ」美由紀は咎《とが》めた。「この人は……」

「なんだい？」と伊吹はおどけたように眉《まゆ》をひそめる。「彼女が俺とつきあっちゃいけないのか？　美由紀は藍ちゃんの保護者代わりなのかな？」

美由紀は伊吹にきいた。「大輝君は元気？　五歳だっけ？」

伊吹の顔がこわばる。

と同時に、藍が落胆したようにつぶやいた。「なぁんだ。お子さんがいるの」

「ま、まあね……」伊吹はうわずった声でいった。「ところで美由紀。なんか、午後から講演だって？」

「それがなによ」

「ちゃんと喋《しゃべ》れんの？　聞き分けのない住民がいるからって、格闘戦に持ちこむなよな。ミグを見る目、獣のように輝いてたし」

「人を野蛮人みたいに言わないでよ。ただ、地上でミグ25を見るなんて初めてだから驚いただけ。それに……兵装を外してないように見えるんだけど」

「ああ、たしかに対レーダーミサイルが翼の下についてるな。もちろんダミーだろうぜ。少しでもサマになるように見た目を気にしてんだろ。あの胴体の下の発射管も……」

「知ってる。兵器とは関係ないんでしょ。大気圏外遺灰発射装置。通称ＫＥ１」

藍がきいた。「遺灰って……？」

「故人の遺言で、火葬後の灰を宇宙に散布したいって願う遺族が増えててね。アメリカだとスペースシャトルを使うけど、ロシアでのサービスは通常、このミグ25で灰を宇宙に運ぶの。一回につき百人ぶんの遺灰をカプセルに詰めて射出できる」

「宇宙に？」藍が目を見張った。「これ宇宙にまで行くの？」

「正確には成層圏だけどね。高度二万七千メートルから宇宙に向かって、ターボラムジェット・エンジンの推力とマクロファクター・ランチング・システムの併用で、発射管の中身を大気圏外まで射出できるの。対衛星ミサイルに似た仕組みね」

「ひょっとして……。プリンセステンコーが宇宙に飛んだってのをテレビで観たけど、これ？」

「そうだよ」と伊吹がうなずいた。「複座の後部座席にお客さんを乗せて、宇宙の入り口まで飛ぶサービスがあるんだ。モスクワからクルマで一時間ぐらいのジェコフスキー空軍基地ってところで受け付けてんだよ。料金は一回二百万円ぐらい」

「なんだ……さんざんすごいことみたいに言ってたから、どれだけセレブな話かと思ったら、そんなにバカ高くもないんだね。まあ、わたしはやんないけどさ。由愛香さんとかにぴったりじゃん。きっと自慢するよ」

「由愛香さんって？　その人も美由紀の友達かい？」

「いいから」と美由紀は投げやりにいった。「講演の準備をしなきゃ。行きましょ」

歩きだしながら、美由紀は思った。かつて付き合っていた男との再会、それを不安に思っていた自分がいる。伊吹もわたしに心を閉ざしたらどうしよう、そんなふうに思い悩んでいたことを、いまは否定できない。

だが、すべては杞憂《きゆう》に終わった。伊吹はあきれるほど、裏表のない男だった。あいかわらず女好きで、飄々《ひょうひょう》としている。

ほっとしながらも、美由紀は自分に言い聞かせた。彼との関係はもう終わった。いまさら、惹《ひ》かれあうような仲ではない。

フライト

午後一時すぎ。

百里基地、格納庫前の特設ステージの脇で、美由紀は出番を待っていた。

演壇の前に大勢の人が群がっている。広報は上機嫌で、マイクを通じて声を会場に響かせた。「今回、このお方をゲストとしてお迎えできるのは、私ども百里基地の各部隊の大きな誇りです。防衛大学校を首席卒業、幹部候補生学校でも極めて優秀な成績を残し、第七航空団第二〇四飛行隊で女性自衛官初の戦闘機パイロットとしてF15DJを操縦。その後除隊し、臨床心理士に転職されてからはこれまた著名な存在となり……」

近くにいた藍がささやいてきた。「女の人で史上初だったの？　やっぱ美由紀さんって凄《すご》い人だったんだね」

「おおげさに言ってるだけよ。なんか、除隊ってさらりと言ってるけど、その前後は戦争みたいな騒ぎだったたし。それにはいっさい触れてないし」

「へえ。騒ぎって？　やめないでくれって偉い人たちから泣きつかれたとか？」

ぶらりと寄ってきた伊吹が小声で告げた。「逆だよ。自衛隊がめちゃめちゃになるから早く消えてくれって、満場一致で追いだした」

美由紀はむっとした。「ぶん殴られたいの？」

藍がまた目を見張る。「そんな言葉づかいすんの？　美由紀さん」

「こ、ここでだけよ……。ごめん、ちょっと昔の気分に戻っちゃって」

伊吹が愉快そうに笑ったとき、広報の声が響いた。「それではお迎えしましょう、岬美由紀元二等空尉です」

拍手が沸き起こる。美由紀はやや緊張しながら、演壇につづく短い階段をあがっていった。

見渡すと、百人以上の人々が集まっている。戦闘機に群がるマニアっぽい観衆とは違って、素朴そうな基地周辺の住民らがほとんどだった。

安堵《あんど》を覚えながら美由紀はいった。「みなさん、初めまして。早速ですが、この基地に離着陸する飛行機の操縦者たちについてご説明申しあげます。パイロットは、総じて動体視力について向上のための訓練を受けます。音速を超えて飛ぶジェット機の操縦桿《かん》を握るとき、この動体視力は無くてはならない能力で……」

美由紀は言葉を切った。視界の端に、気になる姿をとらえたからだった。

板村久蔵元三佐だ。こちらを見ることなく、聴衆の後ろを歩いていく。せかせかとした足どり。横顔はなぜかこわばっている。

それが不安のいろであることに美由紀は気づいた。ひどく動揺し、神経質になっている。どうしたというのだろう。現役時代にも温和な人格で知られていた彼が、あんなにぴりぴりした空気を漂わせているなんて。

「すみません、ちょっと失礼します」美由紀はマイクに告げて、演壇を降りた。

人々がざわつくなか、板村を追おうと歩を進める。すでにその姿は雑踏のなかに消えていた。

伊吹が追いかけてきた。「どうした、美由紀。もうスピーチ終わりか?」

「板村三佐がいたの」

「ああ……きみの元上官か」

「なにか思い詰めているようすで……」

「おいおい。だとしても、演説を放りだすことはないだろう」

たしかにそうだ。わたしはなにを気にかけているのだろう。

いや。無視はできない。板村はたしかに、穏やかならぬ心境にある。彼は現役を退き、基地はいま祝祭のなかにある。そんな状況で、なぜあれほどの緊張感に包まれていたのか。

そのとき、ふいにサイレンが鳴った。

緊急事態を告げる警報。ひさしぶりに聞いた。

「アップルジャック」スピーカーから基地じゅうに声が響き渡った。「繰り返す、アップルジャック。上級幹部は速やかに三波石《さんばせき》前に集合せよ」

美由紀は伊吹を見た。伊吹も美由紀を見つめかえした。

有事法制以降、米軍の警報をこの基地でも採用している。警戒警報の〝レモンジュース〟を上まわる緊急事態。防空警報に等しい切迫した危機を伝える報《しら》せだった。

すぐさま美由紀は駆けだした。意識せずともそうしている。伊吹と競うかのように、猛然と演壇のわきを駆け抜けた。

「どうしたっていうの、美由紀さん！」藍の声が背に届く。

だが、振り返る暇もなかった。この警報には無条件で身体を突き動かされる。ほかに優先すべきものなどなにもない。平和が破られる前触れにほかならないからだ。

三波石は、第七航空団司令部庁舎の傍らにある青い色をした板状の岩だ。この基地の庭園造成時に設置された庭石で、以来記念碑のように扱われているらしい。

美由紀が伊吹とともに駆けつけたとき、すでに幹部自衛官らはその前に群がっていた。漂う緊迫した空気に、心臓の鼓動が速くなる。美由紀は歩を緩め、慎重に近づいていった。

彼らが目をおとす地面を見たとき、美由紀は愕然《がくぜん》とした。

「これは……」と美由紀はつぶやいた。

伊吹も美由紀の横でいった。「とんでもないしろものだな。生きてんのか?」

「ええ」と補給本部の一等空尉がうなずいた。「見る限りでは稼働中です。タイマーによれば、あと七分少々で……」

全身に寒気が襲う。予想しえなかった事態だ。

段ボールの小箱に横たわった、直径十センチ、長さ四十センチ弱の円筒形の物体。アルミとチタンの合金を外郭とし、一部に透明プラスチックの窓がある。そこから点滅するLEDランプと、液晶のタイマー表示が覗《のぞ》ける構造だ。

写真は、防衛大の授業で何度も目にした。実物を見るのは初めてだ。

美由紀はささやく自分の声をきいた。「パキスタン製小型戦略核爆弾、ヒジュラX5……」

「なんてこった」伊吹がつぶやく。「非核三原則の国の自衛隊基地で拝むことになるとはな。止められないのか？」

「無理です」技術者らしき男の声は震えていた。「容器は溶接されていて、壊すことは不可能です。これが本物なら、七分後には基地は壊滅します」

基地だけではない。弾道ミサイルにも採用されているヒジュラＸ５の破壊力は一メガトン、ＴＮＴ爆薬の百万トンに相当する。茨城県中部は一瞬の閃光《せんこう》とともに消滅し、死の灰は県全域に降り注ぐだろう。

一等空尉が早口にまくしたてた。「止められないのなら、どこか安全な場所に移動させるしかない。動かすこと自体は起爆に繋《つな》がらないのだから……」

伊吹がすかさずいった。「馬鹿いえ。七分でどこに運べるってんだ？　超音速機で飛んでも関東一円から抜けだせないぞ」

そのとおりだ。美由紀は激しく動揺していた。これはあまりにも唐突に襲った、揺らぎようのない確実な危機だ。運命はもはや定まっている。七分、それ以上の未来はない。

だが、最後まであきらめるべきではない。

めまぐるしく回転した思考が、正確なものであるという保証はどこにもない。たしかめている時間はなかった。美由紀はほとんど反射的に、ヒジュラＸ５の円筒形をつかみあげると、それを脇に抱え、走りだした。

「おい美由紀！」伊吹の驚いた声が響く。「なにをしようってんだ⁉」

美由紀は答えなかった。核爆弾をラグビーボールのごとく抱えたまま突進した。庁舎の前に停めてある七五〇ccのバイクに、キーが刺しっぱなしになっているのを目にとらえる。すかさずそのバイクに飛び乗り、キーをひねってエンジンをかけた。

スロットルを全開にし、美由紀は片手でハンドルを操りながら庁舎前を駆け抜けた。狭い通路に飛びこみ、通行人をかわして、格納庫から滑走路方面へと猛然と走らせる。

航空祭の会場になっている滑走路全域は、恐ろしく混んでいた。エンジン音の接近を聞きつけた人々が左右に飛びのいて避ける。美由紀もハンドルを細かく切り、次々と障害物をかわしながら全速力で突き進んだ。

目当ての機体は、すぐ視界に入った。ミグ25。見物人は警備員によって後退させられている。デモンストレーション・フライトに備えているのだろう。

バイクを安全に停めている暇すらない。美由紀はわざと機体の下でバイクを横滑りに転倒させ、地面に転がった。

アスファルトにこすりつけられ、あちこち擦りむけたらしく痛みが走る。それを堪えながら、美由紀はヒジュラX5を保持して起きあがった。

ロシア人パイロットが妙な顔をした。「どうしたんだ？《フ・チョム・ジェーラ》 なにかあったのか？《シトー・スルチーラス》」

美由紀は答えなかった。観衆らが目をぱちくりさせているなかで、ミグの機体に駆け寄ると、下部の大気圏外遺灰発射装置に手を伸ばす。直径十七センチの水平発射管のバルブを外し、ヒジュラX5をおさめようとしたが、直径十センチの円筒では余裕がありすぎる。上着を脱いで、ヒジュラX5に巻きつけてボリュームを出す。それを発射管に押しこんだ。

「ちょっと待て《ミヌータチクウ》」整備士が怒鳴る。「なんでこんなことを……《ドリャ・チエヴォー》」

「ごめん《イズヴィニーチエ》」美由紀はロシア語でかえした。「緊急のことなの。《エータ・スローチナエ・ヂエーラ》もう行かなきゃ《ヤ・スイチャース・ダルジュナ》」

すぐに美由紀はハシゴを昇りだした。コクピットのなかに身を躍らせる。F15よりも若干狭い。前部が操縦席の複座だった。珍しい改造型のようだ。その操縦席に身を沈める。

「許可を得ているのか⁉《エータ・ラズリシャーエッア》」パイロットが激怒したようすでハシゴを昇ってくる。

ところがそのとき、ジープのエンジン音がした。近くに急停車したその車両から、伊吹が飛びだしてきた。

伊吹はロシア人パイロットの背をつかみ、ハシゴからひきずり降ろした。転倒したパイロットを尻目《しりめ》に、伊吹はハシゴを昇った。「悪いな。日露親善ってことであきらめてくれ」

美由紀はすでにエンジンマスタースイッチをオンにし、スロットルのエンジン接続スイッチを引いていた。甲高いキーンという音が辺りにこだまし、嵐のように風が吹き荒れる。

人々が叫びをあげて逃げまどった。

後部座席に伊吹がおさまる。「あいかわらず無茶する女だ。あれ以上つきあわなくて正解だった」

エンジンの回転数を見極めながら、美由紀はいった。「なにしに来たの?」

「ミグに乗りたくってさ」

「邪魔しないでくれる? 射出するわよ」

「よせよ。慣れない戦闘機だ、ナビゲーターぐらい必要だろ」

たしかに計器類は読みづらい。配列も表示もいちいち異なる。燃料流量計、排気温度計。数値の基準もどれぐらいなのか、はっきりしたことはわからない。

「油圧ってどれだと思う?」美由紀はきいた。

肩越しに伊吹が告げてきた。「そのスロットルの横の赤い目盛りじゃねえか? じゃ、上を閉めるぞ」

「ええ」

キャノピーがガタンと音をたてて閉じられる。密閉状態になった。マイク内蔵の酸素マスクを装着して、ひと呼吸する。無線、高度計、姿勢指示器をセットし、レーダースコープをオンにした。表示はロシア語だった。

スロットルの点火ボタンを押し、エンジンに火をいれる。轟音《ごうおん》とともに、機体は前に滑りだした。速度は二十ノットといったところか。

まるで怪獣に襲われた町のように、航空祭の客が逃げ惑う。制止しようと手を振る自衛隊員もいるが、かまわず機体を前進させていくと、誰もが脇に飛びのいた。

「時間は？」と美由紀は伊吹にたずねた。

「あと五分三十秒ってとこだ。行こうぜ、打ち上げのカウントダウンは必要ないだろ」

「そうね」美由紀は、前方の滑走路が開けていることを確認した。「覚悟はできてる？」

「聞くまでもないだろ。おまえと運命を共にするなんてな。つくづく女運にゃ恵まれてねえよ」

「いまに始まったことじゃないでしょ」美由紀はエンジンに点火した。

発進時の轟音というより、それは爆発音に近かった。

推力と呼ぶよりも爆風に飛ばされる感覚に近い。Ｆ15がアフターバーナーの点火に伴って五段階に加速するのに対して、このミグ25の加速力は唐突かつ突然に発生するものだった。コントロールする間もなく、強制的に押しだされる自分がいる。たちまち前方に滑走路の終点が迫った。

「美由紀！」伊吹が怒鳴った。「ぐずぐずするな。操縦桿《かん》を引け！」

F15とはなにもかも違う。操縦桿は固定されているかのように動かない。満身の力をこめてそれをぐいと引く。機首がいきなり上がり、視界に空が広がった。

身体が浮きあがる。しかしそれは、上昇という生易しいものではなかった。まさしくロケットの打ち上げにほかならない。昇降計によれば上昇ピッチは九十度に近いが、推進力はいささかも衰えなかった。重力に対し強引に抗《あらが》う推進力。発生するGもすさまじいものがあった。

伊吹の声が聞こえる。「さすがに利くねえ、こいつは」

あの伊吹が歯を食いしばっているのがわかる。わたしも限界ぎりぎりだと美由紀は思った。目の前に雲が迫ったと思った直後、青い稲妻とともに突き抜けた。まばゆい太陽を正面にとらえながら、ミグはなおも加速していく。

かつて経験したことのないGの圧迫感に苦しめられながらも、美由紀は正気を保とうと努力した。スロットルを全開にしたまま、操縦桿をぶれさせまいと腕に力をこめる。わずかに勘がつかめてきた、そんな気がした。

「酸素マスクのベルト、少し緩めておいて」と美由紀はいった。

「どうしてだ？　外れちまうぞ」

「対流圏を抜けて成層圏まで達したら、空気が薄くなる。頭に血が昇って顔が膨れるそうだから……」

「マジかよ。頬がこけてねえとサングラスが似合わなくなるんだがな」

「昔よりは太ったでしょ？　あいかわらず肉ばかり食べてるの？　メタボリック症候群になるわよ」

「俺の身、心配してくれてんの？　可愛いところあるよな、美由紀は」

「自衛官らしく岬って呼んで」

「わかったよ。だが、生きて帰れたら、美由紀って呼んでもいいだろ」

「……そうね。帰れたら、ね」

マスクのインターコムを通じて会話することも困難になりつつあった。轟音は耳鳴りを通り越して、鼓膜を破るかのような激痛を及ぼす。振動も酷《ひど》かった。あのF15の乗り心地をさらに下回るとは、並大抵ではない。嘔吐《おうと》の衝動が断続的に襲い、涙で視界がぼやける。と、目もくらむような太陽の光が、いきなり薄らいできた。

たしかに正面に存在する太陽、しかし周りは暗くなりつつある。

美由紀はきいた。「高度は？」

「二万七千メートル……。おい、信じられるか？　エンジンの推力を落としてみろ。操縦桿を前に倒して水平飛行に移れ」

「でも……」

「だいじょうぶだ。エンジンを緩めても速度は落ちない」

伊吹が断言する理由はわからなかったが、疑っている暇もなかった。スロットルを絞りこむ。操縦桿を前方に押した。

ふつうなら、プラスGをマイナスGに変換することに伴う苦痛が全身を支配するはずだ。ところが、いまはなにもなかった。

速度は維持したままで、機体はふわりと向きを変えた。まるでシートの動かないシミュレーターに乗っているかのようだ。

眼下を眺めたとき、美由紀は息を呑《の》んだ。

青く、丸い地球。それが足もとにひろがっている。

F15の飛行でも、地平線を丸いと感じることはある。しかし、ここまではっきりと球体の大地を見たことはなかった。辺りは暗い。夕闇のようでもあった。星は瞬いてはいなかった。

成層圏。まだ重力圏内だというのに、意外にも重力と大気の影響をほとんど受けず、ミグは飛んでいた。闇のなかを切り裂くように飛んだ。

それは、上昇よりもずっと激しい生理的嫌悪感を伴うものだった。上下の感覚すら喪失し、静止しているかのような錯覚が生じる。

「美由紀」伊吹が鋭くいった。「成層圏の上のほうでは季節風が吹いてるそうじゃねえか。大気圏を離脱する前に爆発したら、核物質が広範囲に降り注ぐぞ」

「そうね。けれど、重い物体のぶんだけ遠くに射出できる可能性もある。電磁場の影響のほうが深刻かもしれないけどね。人工衛星のいくつかは使い物にならなくなるかも」

「やってみなきゃわからんってことだな。あと三十秒を切った。ヒジュラX5を射出しろ」

「わかった。でも……」

「なんだ？」

「大気圏外遺灰発射装置のスイッチは？　わからないんだけど」

「ば、馬鹿。どうしてあのロシア人らに聞いておかなかった」

「教えてくれるようには思わなかったし。ええと、あ、これかな」

「間違ってもシートの射出スイッチは押すなよ。織姫と彦星になるのは御免だからな」

「それ、永遠の愛は誓えないって意味に解釈していい？」

「どうとでもご自由に」

「よかった。これで安心して死ねる」そういいながら、美由紀はマスターアームスイッチとおぼしきボタンの横に、明滅するボタンを見つけた。

成層圏に入ってから点滅が始まった。このボタンに違いない。

ぐいと操縦桿を引いて機首を上げた。この先は中間圏、熱圏、外気圏だ。射出後、核爆弾が少なくとも高度五百キロの外気圏に達してくれなければ、核物質は地上に降り注いでしまう。

運は天に任せた。

果てしない宇宙に向かってボタンを押した。

弾《はじ》けるような音とともに機体が揺れる。青い球体の上に広がる無限の暗黒空間に、円筒形の金属物が放出された。

「高度を下げろ！」と伊吹がいった。「爆発まであと数秒だ。早く潜れ。早く！」

操縦桿を前に倒し、スロットルを全開にする。その瞬間、美由紀は過ちを悟った。

重力の影響をまともに受けて、速度が上がった。機内の温度が急激に上昇しはじめた。

翼が真っ赤に染まっているのを美由紀は見た。

また操縦桿を引いて上昇させる。地球が遠のいた。

「なにをやってる⁉」伊吹の声はさすがに慌てていた。「宇宙に戻る気かよ？」

「成層圏を降下する角度がわからないのよ。宇宙船も誤った侵入角度じゃ摩擦熱で翼が燃え尽きるっていうけど……。たぶん、もう機体外部は三百度以上になってる」

「このクソ暑さはそのせいかよ。こいつの機体はチタニウムじゃなくニッケル銅だ、自由落下《フリーフォール》になったら摩擦であの世逝きかもな。それより若干浅い角度で降下するしかねえな」

「簡単にいってくれるわね」

「やるしかねえんだよ。核爆発が起きるぞ。早く！」

勘にすべてを託すしかない。成層圏から対流圏へ、操縦桿《かん》の微妙な調整で突入位置を決める。ほんの数秒で答えはでる。

操縦桿を押して、機首を地球に向けた。資料映像で観たままの青い地球、その一部が拡大されて視界にひろがる。エンジンの推力をあげた。ミグの機体は真っ赤に染まりながら、大気の渦へと突入していった。

頭上に閃光《せんこう》が走ったのは、その瞬間だった。

宇宙では爆発音は轟《とどろ》かない。だが、完全な真空ではなかったのだろう。衝撃波が機体の後方に到達し、激しい揺れが襲った。一瞬遅れて、耳をつんざく爆発音に似た轟音《ごうおん》。爆風がミグの機体を地上に押し戻す。錐《きり》もみ状態になって墜落が始まった。

「立て直せ！」と伊吹の声が飛んだ。

「わかってるわよ」美由紀はロールに身をまかせながら推力を調整し、操縦桿を引きあげた。

下降はなおもしばらくつづいた。まるで見えない力に吸い寄せられるかのようだ。重力に抗い、機体の腹部に空気をあてて機首を上昇させる。そんな簡単なことが、いまは不可能に近い。

しかし、それもわずかの時間だった。周りがふいに明るくなった。太陽光線が大気のなかの水分を乱反射させて、青い空をつくる。その馴染んだ光景がキャノピーの外にひろがる。眼下に雲、そして海、陸地。それがはっきりと視認できる位置にまで高度がさがったとき、大気の影響を感じた。上昇気流がある。

ミグの機体が押しあげられた。水平飛行に移る。まばゆい陽の光の下、青空に浮かぶ雲とともに、美由紀の機体は漂っていた。

巡航速度まで落として、酸素マスクを外す。ようやく息を胸いっぱいに吸いこんだ。

伊吹もそうしたらしい。ぜいぜいという呼吸音がきこえる。

「美由紀」伊吹は疲れきった声でつぶやいた。「地球へようこそ」

思わず苦笑が漏れる。そう、たしかに帰ってきた実感はある。あの真っ暗な無の世界から、有の世界に。

なにもかもが存在している。そこにいられるというだけで喜びがある。それが、地球が宇宙と異なるところなのだろう。生きていてよかった。美由紀は、心のなかでつぶやいた。

無の世界

ミッション後、百里基地のブリーフィングルームに呼びだしを食らうのは、現役時代の美由紀にとって日常茶飯事だった。

自機が常に複座だった関係上、コ・パイロットと並んで叱責《しっせき》を受けることになるのだが、防衛大の先輩だった伊吹は第七航空団の別の飛行隊に属していた。よって、彼と並んで立ち、上官の説教を受けたことはない。聞けば、伊吹のほうも相当な問題児であり、美由紀と同様によくこの部屋に呼びだされていたという。

そのふたりが揃ったいま、デスクにおさまった上官の青筋ははちきれんばかりになっていた。

菅谷寛人三等空佐は顔を真っ赤にして怒鳴り散らした。「ロシア機を奪って宇宙に飛ぶとはなにごとだ！」

美由紀のわきに立つ伊吹の態度は、飄々《ひょうひょう》としたものだった。「まあそのう……緊急時の判断だったわけで……」

「外務省が対応にどれだけ神経をすり減らせているのか、わかってるのか。ロシア政府からは正式に抗議があった。日露友好の架け橋としてやってきた親善使節の贈り物を粗末に扱ったうえ、彼らの威信を傷つけ、地域住民とのふれあいの場であるところの航空祭をめちゃめちゃにした。いったいどういう神経をしているんだ！　幹部自衛官として恥ずべきことと思え！」

「はい、深く反省しております。ですが、懲罰を受けるのは私だけで……。岬元二尉のほうは、いまや民間人ですし」

「なお悪い」菅谷はすかさずいった。「岬はもうパイロットとしての資格を有していない。きょう一日に犯した違反だけでも七十六に昇る。東京湾観音事件の四十一の違反を、みずから大幅に更新した前代未聞の記録だ。プーチン大統領から安倍総理に直接の電話連絡があったそうだ。いうまでもなく、先方は激怒していたそうだぞ」

「まさか、岬元二尉をシベリア送りにするつもりじゃないでしょうね」

「どうして岬だけなんだ。おまえも一緒に送還されてもおかしくないんだぞ。日本政府として、おまえらを庇《かば》わねばならない理由なんかどこにある」

「ひどい言い方ですね。俺たちはあの核爆弾の処理に全力を挙げただけで……」

だ」

「核爆弾などなかった」

美由紀は驚いた。「え？　……どういうことですか？」

菅谷は引き出しから出した書類を、デスクの上に投げだした。「米国防省から報告が入ってる。おまえらのミグが射出した物体が、大気圏をぎりぎり脱したあたりで爆発したことは、衛星が観測している。けれども、その爆発はいたって小規模だ。せいぜいダイナマイト数本分というところらしい。これなら手製で爆弾をこしらえられるレベルとのことだ」

「そんな……でもあれはたしかに……」

「まあ、ほかの幹部自衛官らの証言にも、爆弾の外観はたしかにヒジュラX5にうりふたつで、疑える余地はなかったとある。……彼らはみんな、おまえらの身を案じているようだ。行為を賞賛とまではいかなくても、尊敬に値すると口にした者もいる」

伊吹は白い歯をのぞかせた。「仲間ですからね」

「調子に乗るな。おまえらが冷静な分析をおこなえなかったのはたしかだ。航空祭の観客を避難させ、爆発物は可能な限り安全な場所に運ぶ。そうしていれば、小さな爆発が起きただけで、なにもかもが平穏無事におさまった」

美由紀は合点がいかなかった。「そうでしょうか？」

「なに?」

「あの偽の核爆弾ですが……ただ騒ぎを起こしたいだけの意図で仕掛けられたものなら、どうして本当に爆発する仕組みになってたんでしょう」

「それは……」菅谷は言葉を濁してから、じれったそうにきいてきた。「おまえはどう考えているんだ。岬」

「たぶん核爆弾だという前提をしめしたうえで、それが爆発したら、パニックは想像を絶するものになるからです。冷静に考えれば、爆発後も生きていられること自体がおかしいはずですが、隊員にしろ民間人にしろそうは思わず、放射能汚染の不安と恐怖から無秩序となり、混乱に拍車がかかるでしょう」

伊吹が美由紀を見た。「すると、犯人の意図は航空祭をパニックに導くことか?」

「ええ。あるいはその混乱に乗じて、なんらかの犯行を成功させたかったとか」

しばし沈黙があった。

菅谷は迷っているかのようにしきりに顎《あご》をなでまわしていたが、やがて意を決したようすで、手もとの書類から一枚を引き抜いた。

「カウアディス攻撃ヘリは知ってるな?」と菅谷はいった。

「はい」と伊吹は返事した。

だが、美由紀には聞き覚えがなかった。「臆病風《カウアデイス》？」

ふっと伊吹は笑った。「フランス空軍がつい最近になって開発した攻撃ヘリだよ。除隊したきみは詳しくなくて当然さ。機動力も兵装もアパッチをうわまわる、きわめて高性能なしろものだってよ。乗ったことはねえけどさ、あらゆる面が電子制御されて操縦も楽だって。自衛隊も採用を検討してて、きょうの航空祭にもプロトタイプが一機展示されてた」

「フランスのヘリなの？　なんで英語で臆病風《おくびようかぜ》なんて名前が……」

「正式な機種名はほかにあったんだけどさ。パイロットの命を守るために、過剰なほどの安全装置がついていてね。敵機にセミアクティヴ・ホーミングでロックオンされたら、それを感知して、ただちにシートが射出されるんだよ」

「ロックオンされた時点で、勝手に脱出装置が働くってこと？」

「そう。ぴたりと狙い済まされたというだけで、パイロットの回避の腕も信用せずにいきなり空中に放りだすのさ。パイロットはパラシュートで無事帰還ってわけだが、過保護なヘリだよ。で、どこかの武器マーケットのお披露目で臆病者が乗るヘリっていう噂が広まり、カウアディスの名が定着しちまったんだな」

咳《せき》ばらいをして菅谷がいった。「それでも攻撃ヘリとして最新鋭のものであることはたしかだ。われわれも自衛官の命をむやみに危険に晒《さら》したくないからな、安全機能も過剰とは思わん。それに、空対空の攻撃能力は折り紙つきだ。いまやカウアディス攻撃ヘリは世界の軍隊の垂涎《すいぜん》の的だよ。非常に高価で、年間生産機数に限りがあるためプレミア的存在となっている。きょうの航空祭にも、ようやく一機借りられたという状況だった」

美由紀は悪い予感を覚えた。「すると、その一機が……」

「ああ。核爆弾騒ぎのなかで姿を消していた。ヘリをこっそり奪って飛び立つなど、ほんのささいな混乱の状況下では不可能だ。だからよほど大きなパニックを引き起こすことが前提となったんだろう」

伊吹が腕組みをした。「たしかに、あれだけの騒ぎになったら展示された航空機も盗み放題かもしれませんね」

菅谷はむっとした。「盗難が容易になるほどまでに混乱を助長させたのはおまえらだぞ。おまえらのミグ25を追跡しようと飛び立った自衛隊機が、基地上空を旋回するなどして、一時は修羅場も同然になった。在日米軍もスクランブル発進してきたんだぞ。おまえらの共犯を疑う声があがらなかっただけでも幸いだと思え」

「あのう、菅谷三佐」美由紀は困惑を覚えながらきいた。「犯人に目星は……?」

また静寂があった。

やがて菅谷が、言いにくそうにつぶやいた。「パニックのなかとはいえ、目撃者がいなかったわけではない。板村久蔵元三等空佐がカウアディスに乗りこみ、発進させたという複数の証言がある」

「板村さんが……？」美由紀は驚きを隠せなかった。「そんな、まさか……。でも、どうして……」

「理由などわからん。板村元三佐は現役時代、ヘリの操縦に長《た》けていた。きょうもレーダーの監視網をかいくぐって、低空飛行で姿を消した。海を渡るほどの燃料は積まれていなかったから、関東地方のどこかに潜んだのだとは思うが……。元幹部自衛官によるヘリ奪取という、由々しき事態なのは間違いない」

美由紀は呆然《ぼうぜん》としてたたずむしかなかった。

あの板村がヘリを盗んだ。直前の挙動からして、偽の核爆弾でパニックを引き起こしたのも彼の可能性が高い。しかし、そんなことがありうるだろうか。あれほど温厚で、情け深い上官だった板村が……。

菅谷は美由紀をじっと見つめてきた。「板村三佐が、おまえの除隊のきっかけとなった命令無視に一枚嚙《か》んでいたことは、記録に残っている。正しい行いのためだったとはいえ、許されることではなかった。そしてまた、きょうも同じ顔ぶれで忌むべき事態が引き起こされたわけだ。おまえと板村三佐、それぞれが一機ずつ展示機体を盗んだ」

伊吹が抗議するようにいった。「岬がミグに乗ったのは、そもそも核爆弾騒ぎが……」

「わかってる」菅谷は真顔で手をあげて、伊吹を制した。「だが、防衛省の上層部にはきちんと弁明せねばならん。航空幕僚監部に事情を説明しろ。過去の事情がどうあれ、板村三佐をかばうようなことはいっさい口にするな。立場を悪くするだけだ」

戸惑いが深まる。美由紀はいった。「わたしは……正しいと思うことをいうだけです。防衛省のみならず、ロシア政府関係者に対しても、きちんと頭を下げに行く覚悟はあります」

「その必要はない。ロシアのほうはたしかに気を悪くしたようだが、事情の説明を受けて穏便にことを済ますと約束してくれたらしい。ファントム・クォーター事件で岬に貸しがあるからとも言っていたそうだ。事情説明は、防衛省に対してだけでいい」

「……板村三佐はわたしにとって……」

「やめろ」菅谷はぴしゃりといった。「私情をはさむな。板村はいまや、ただの窃盗犯にすぎん」

美由紀と伊吹の事情聴取という名目の、事実上の査問会議は、その日の深夜にまで及んだ。

内部部局の面々はいつものことながら渋い表情ばかりだったが、詳細があきらかになるにつれて緊張は和らいでいった。あの状況下で、核爆弾を処理する最も適切な方法を検討したとき、操縦の腕に自信があるのなら当然とるべき行動だったろう、そういう弁護の声もあがった。

むしろ、ミグ25がプリフライトチェックを終えて待機中だったあのとき、手をこまねいたまま爆発が起きてしまっていたら、その場にいた自衛官全員がのちに対応を問題視されたに違いない。核でなかったというのは結果論にすぎず、もし核だったら最悪の結末を迎えていたからだ。

もっとも、擁護はそこまでだった。ロシア人パイロットに依頼をして、爆弾を大気圏外まで運んでもらう。会議においては、それが最も適切な判断だったと結論づけられた。彼らを引きずりおろして、ミグを乗っ取るなど言語道断だ。その非難については撤回されることはなかった。

本来なら、ふたりの処遇をめぐって長期の会議が持たれるはずだったが、幕僚監部によれば伊吹の減俸処分をもってこの件を終わりとしたいという話だった。

フランスから借り受けた最新鋭の攻撃ヘリを、板村が持ち去っている。兵装は備わっていないが、兵器類を装着するためのステーションは完備されている。ミサイルやバルカン砲を入手できれば、恐るべき空の殺人マシーンとして充分に機能を発揮することになる。

防衛省は警察と協力体制を敷き、板村の行方を追うことに全力を挙げるという方針を固めた。美由紀と伊吹の問題には、取り急ぎ決着がつけられ、ふたりの身柄は解放されることになった。


真夜中の百里基地、第七航空団庁舎の廊下に歩を進めながら、伊吹がいってきた。「やれやれだな。あれが偽物だったとはついてねえぜ。本物の核爆弾だったら英雄だったのに」

美由紀は歩調を合わせながら、陰鬱《いんうつ》な気分になった。「そんなこと……」

「冗談だよ。ま、ひさしぶりにおまえと飛べて嬉《うれ》しかったけどな。あいもかわらず、ひやひやさせる操縦だったけど」

「乗ったことのない機体だったのよ。経験したことのない高度だったし」

「いっそのこと宇宙を漂ったままでいたかったよ。そうすりゃ永遠にふたりきりだ」

「だったら何なの？」

「きまってんだろ」と伊吹は前方にまわりこんで立ちふさがり、顔を近づけてきた。

美由紀は身を退かせた。「たとえ大気圏外でも、おかしな真似をしようとしたら強硬手段に打ってでるわよ」

「本気かよ？　死にそうな状況でも助けあう気はねえってのか？」

「なにかされるぐらいなら、急降下して自滅する」

「嫌われたもんだな」

「さっさと帰って、いまの彼女に無事を伝えたら？　きっと心配してるでしょ」

「彼女なんていないぜ？」

「じれったさが生じてる。衝動を抑制しているせいで頬がわずかにひきつっている。一刻も早く帰りたいって顔ね」

「……ったく、おまえ変わったな。男の心のなかを読むなんて、もてない女になるぜ」

「いいの。どうせ愛されないし」

「そうでもないんだけどなぁ……」

行く手のロビーの暗がりで足音がした。

藍が不安そうな顔で近づいてくる。「美由紀さん……」

「ああ……。藍、まだ居残ってたの？」

「だって心配で……。美由紀さん、だいじょうぶだったの？　いきなり飛び立つなんて……」

伊吹が茶化した。「こいつはいつも急に予定を決めるんでね」

美由紀はむっとした。「ひとこと余計よ」

「悪《わり》いな」伊吹は笑って、立ち去りかけた。「俺なりの褒め言葉なんだけどな。転職した美由紀にゃ受けいれられないみたいだ」

「あ、伊吹先輩」と美由紀は声をかけた。

「なんだ？」伊吹が振り返った。

戸惑いが起きる。わたしはどうして呼びとめてしまったのだろう。

「と、とにかく……ありがとう」

「なにに対して感謝してるんだい？」

「そのう……。一緒に飛んでくれたことと、操縦中に適切なアドバイスをくれたことに……」

伊吹は口もとを歪《ゆが》めた。

「二十八になっても可愛いとこあんじゃん。じゃまた会おうぜ」伊吹はそう告げると、ぶらりと背を向け、歩き去っていった。

静寂だけが残る。美由紀はその場に立ち尽くしていた。

藍が微笑みながら美由紀を見つめた。「可愛いとこあんじゃん、だって」

「ほっといてよ」美由紀はため息をついた。「あれでかっこつけてるつもりなんでしょ」

「ねえ、美由紀さん。宇宙の入り口まで飛んだの？　どうだった？　星とか、綺麗《きれい》だった？」

「……まあ、ね」

美由紀は言葉を濁した。大気圏外にあるのは、真の闇でしかない。幼い頃、死後の世界を想像したとき、あんな空間を思い浮かべた。独りきりになって、永遠に暗闇を漂う。そんな時間が永遠につづく。

無の世界。二度と行きたくはない。こみあげてくる嘔吐《おうと》感とともにそう思った。

開店準備

岬美由紀はカウンター・テーブルに座りながら、中指のビー・ゼロワンのはめ具合を気にかけていた。

また痩《や》せたらしい。手を強く振るとリングが抜けて、飛んでいってしまいそうだ。ブレスレットのほうも同様だった。カルティエのラブリングはドライバーでネジを開けないかぎり外せない構造だというのに、いまはそれなりに頑張れば抜くことができそうだった。

隣に座っている雪村藍がいきなり顔を近づけてきた。「どうしたの、美由紀さん？　せっかくの日曜だってのに、またなにをブルーになってんの？　青いのはこのエルメスのバッグだけで充分じゃん？」

美由紀は苦笑した。「べつに悩んでるわけじゃないの。でも、昨日のことが……」

「ああ。成層圏まで飛んだんだもんね。疲れてるのも当然かな」

「藍。その件は口外しちゃいけないって……」

「だいじょうぶ。誰も聞いてないし。由愛香さんも本気にはしないだろうしね」

そのとき、由愛香が近づいてきて、硬い顔でいった。「なにか言った？」

藍は顔をしかめた。「べつにー」

「美由紀も藍も、黙って座ってる気？　まだオープンしてないんだけど。手伝いに来てくれたんじゃないの？　非常識ね」

「非常識？」藍がいった。「由愛香さんに言われたかないよね」

「わたしはね。あなたのそのずうずうしい態度に腹を立ててるの」由愛香の視線がふいに、藍の肩越しに向こうを見つめてとまった。「ねえ、ちょっと。その壁紙はそこじゃないの。こっちよ」

由愛香が足早に立ち去っていく。その行く手には内装業者がいた。

東京ミッドタウンのガーデンテラス内にオープンする、由愛香の都内十五番目の店。それがここだった。店名はマルジョレーヌ。フランス料理の専門店だ。

内装はこれまでの由愛香の店同様、彼女が自分で図面を書き、デザインも細部にまでこだわっている。ベル・エポック調の華やかな店内は、十九世紀末のパリの街角を思わせる瀟洒《しょうしゃ》なつくりで、すでに完成間近だった。

従業員の女性が由愛香に近づいて話しかけた。「菓子職人《パティシエ》から電話です。ケーキの材料の搬入はオープン前日でかまわないかって……」

「いいえ。当日の朝にしてもらって。もちろん、その日に工場から出荷された材料よ」

「それはちょっと……。朝の出荷ぶんだと、昼どきの搬入に間に合わないのでは……」

「時間はぎりぎりだけど、なんとかしてもらわないと。運送業者をあたってみて。保冷室のついたトラックを、あらかじめ押さえとくのよ」

藍が美由紀にささやいてきた。「なんだか由愛香さん、気が立ってるね」

「そりゃ、ここの出店は勝負を賭《か》けてるって言ってたし……。家賃もすごく高いだろうしね」

「そうじゃなくてさ。美由紀さん。まさか、由愛香さんがライバル心燃やしてるのに気づいてないわけないよね？」

「ライバル心？」

「由愛香さんって、ほんとに負けずぎらいじゃん。美由紀さんみたいに完全無欠な人と友達づきあいしてるのは、実はそれが自分の価値を高めると思ってるからなんだよね。本心じゃ美由紀さんにイライラしてる。っていうか、美由紀さんに勝てない自分に苛立《いらだ》ってるっていうか……」

美由紀は面食らった。「な……なにを言ってるの？　わたしたちは友達でしょ？」

「ほんとにそう？　美由紀さんってさ、由愛香さんの本心も見抜けてるでしょ。由愛香さんって少し、男みたいな考え方をするんだよね。男って、ボス猿見つけたら刃向かわずに、むしろ従ってその一派に加わる道を選ぶっていうじゃん。由愛香さんもそんな感じ。美由紀さんにはかなわないと端《はな》から諦《あきら》めてるから、仲良くしておこうとする。けど、ほんとは鬱憤《うっぷん》が溜《た》まってるんだよね。お店を大きくしたり、さらなる成功をおさめてなんとか優位に立って、美由紀さんに羨《うらや》ましがってほしいと思ってるわけよ」

「……藍。なんでそんな話をするの？」

「べつに。ただの会話」

平然とした面持ちでレモンスカッシュを飲む藍の横顔を、美由紀は黙って見つめた。

藍の感情はとっくに見抜けている。彼女のなかに悪意はない。大頬骨筋《だいきょうこつきん》と眼輪筋が一緒に収縮しているということは、すましているように見えても、じつは楽しい気分だとわかる。眼輪筋は、つくり笑顔では縮めることはできない。本当に楽しさや喜びを感じていないかぎり、収縮することはない。

彼女はここにいられることだけで嬉《うれ》しいのだろう。自分の甘えを受けとめてくれる由愛香や、美由紀のような年上の存在を、家族のように思っている。藍がいちど生命の危機に陥るまで、両親とはあまり口をきいていなかったという事実を美由紀は知っていた。親子のあいだに断絶とまではいかないが、深い溝が刻みこまれていたのはあきらかだった。それが解消されたいまも、藍にとって心を許せるのは家庭よりも、この三人が集う場のようだった。

いつも別れて帰ろうとすると、藍はとても寂しそうな顔をする。それも藍の感情を裏づけていると美由紀は思った。

ただし、由愛香のほうの感情はよく知らなかった。わからないわけではない。わかるのを拒んできたからだ。

由愛香のなかに、藍が指摘したようなライバル心が炎となって燃えたぎっているかどうか、たしかめたことはなかった。もちろん表情を読めば一瞬で見抜けてしまう。理解したくなくても判明してしまう。だから目を合わさない。故意に表情を直視するのを、なるべく避けてきた自分がいる。

それは、そうしていても交友関係がつづけられるという、特殊な性格どうしだったがゆえに友達になりえたという発端のせいでもある。

他人の感情が読めるようになってから、美由紀は人と親交を深めることは事実上、不可能になった。心を通わせあいたいと思っても、向こうはこちらの心を読めないし、反対に美由紀のほうは相手の心を読めすぎる。裏切りに遭ったと感じたことも何度もあった。

二枚舌、嘘、ほら話、詐欺まがいの言いぐさ。すべてが一瞬で見抜けるせいで、人間不信に陥った。

　そんななかで、由愛香だけは美由紀の心に踏みこんではこなかった。

　よく考えてみると、由愛香のほうも心を閉ざし、相互不可侵のルールを遵守しているように思える。仲良くするのではなく、張り合おうとする男性的な価値観のせいか。由愛香は、絶えずブランド品やビジネスでの成功を見せびらかすためだけに美由紀に連絡をとってきて、その目的を果たすとさっさと立ち去っていく。常にそんな態度に終始していた。

「ねえ、美由紀さん」藍がいった。「由愛香さんが美由紀さんをどう思ってるか、表情をしっかり観察してみたら？　わたしのいってることが正しいってわかるよ、きっと」

「なんでそんなふうに……」

「嫉妬《しっと》してるよ。由愛香さんは才色兼備な美由紀さんに」

　藍はふいに口をつぐんで、ストローをすすりだした。由愛香が戻ってきたからだった。

　由愛香がきいた。「なにをヒソヒソ話してたの？」

　すると、藍はあっさりといった。「由愛香さんのこと。美由紀さんが由愛香さんの本心、わかってるかどうかって」

　美由紀は戸惑いながらつぶやいた。「藍……」

「ああ」由愛香は微笑を浮かべた。「まだわかってないんじゃない？　美由紀、本気になってないみたいだし」

「本気って？」と藍が眉《まゆ》をひそめた。

「美由紀はね、真剣に相手の感情を読もうとするとき、眼科でもらった目薬を指すのよ」

「えー!? それほんと？」

ため息をつき、美由紀も笑ってみせた。「ええ。でもそれって、パイロットだったころもそうだったのよ。離陸前には点眼したの」

「なんで？ ドライアイなの？」

「瞬《まばた》きの回数をできるだけ減らしたいから。ほんの〇・一秒の瞬きも、重要な瞬間を見逃したりする原因になるかもしれないし……」

由愛香は肩をすくめた。「いまのところ、わたしとふたりきりでいるときに目薬をさしたことはないからさ。わたしも安心してるってわけよ」

歩き去っていく由愛香を眺めながら、美由紀は複雑な思いにとらわれた。

由愛香の表情を、初めて意識的に観察した。点眼などなくても、そのほんの一瞬の観察だけで充分だった。

彼女は、たしかにわたしに嫉妬に似た感情を抱いている。心の奥底ではむしろ、嫌悪しているのかもしれない。

東京ミッドタウン

マルジョレーヌと名づけられた由愛香の店を、美由紀はひとりで出た。作業中の由愛香の迷惑になるだろうし、専門的な内装業については手伝えそうなこともない。藍は気にせずに居残っているようだが、彼女も遅かれ早かれ退散するだろう。由愛香がぴりぴりしているのは、疑いようのない事実だ。

店のエントランスは外に面していた。ガーデンテラスというガラスの円筒をいくつも重ねたようなビルのなかでは、抜群の立地だった。

芝生に覆われた広場を歩きだそうとしたとき、向こうからやってきた男が目についた。

その男は痩身《そうしん》にして長身で、丸いサングラスをかけている。髪はオールバックにして固め、黒のスーツはオーダーメイドらしく身体にぴったりとフィットしていた。磨きあげられた靴は光沢を放ち、夏の午後の陽射しを受けて輝いている。

頬のこけた浅黒い顔は、どこか異彩を漂わせている。東洋人には違いないが、日本人ではないのかもしれない。

美由紀とすれ違ったその男は、まっすぐに由愛香の店に入っていった。

妙に思って、ガラス張りの壁面からなかを覗《のぞ》く。

由愛香は、そのサングラスの男を緊張の面持ちで迎えた。なにかしきりに話しこんでいる。

しばらくして由愛香は笑みを浮かべたが、その表情がうわべだけにすぎないことに美由紀は気づいた。目のまわりの筋肉はいっさい動かず、口角だけをあげている。

内情を探っているような罪悪感を覚え、美由紀は店に背を向けた。こんな一等地に出店するのだ、様々なつきあいもあるだろう。立ち入るつもりはない。

ガーデンテラスを迂回《うかい》して歩いていき、この敷地の中央にそびえるメインの建造物を見あげた。

ミッドタウンタワー。高さ二百四十八メートル、地上五十四階、地下五階。さも未来的な曲線を多用したデザインの六本木ヒルズ森タワーと違い、こちらは直線が主体の直方体だ。四十四階まではオフィスフロア、それより上は高級ホテル、ザ・リッツ・カールトンの客室になっている。

六本木交差点にほど近いこの場所には、かつて防衛庁の庁舎が存在していた。美由紀が現役の幹部自衛官だったころには、すでに庁舎は市ヶ谷《いちがや》に移転していたし、現在では防衛庁も防衛省に昇格している。よってここには、自衛隊を束ねる総本部としての名残はどこにもない。替わって、都心部にはめずらしく緑豊かな複合施設が建設された。

東京ミッドタウンは、タワーを中心とした複数のビルから成る。マンションや店舗など、それぞれ内容の異なるビルがタワーを囲むように建つという状況は六本木ヒルズと似ているが、ここには映画館などの娯楽施設はない。落ち着いた高級志向はニューヨークのセントラルパーク周辺を思わせる。

タワーの膝下《ひざもと》の広場に歩を進めると、噴水のそばのベンチで休んでいた男が身体を起こし、声をかけてきた。「美由紀」

ほっそりとした身体が立ちあがり、歩み寄ってくる。なぜか少しやつれたようすの同僚、臨床心理士の徳永良彦《とくながよしひこ》だった。

「徳永さん？　こんなところで会うなんて」

「まったくだよ。見かけて驚いた。きみは私服でも目立つね。オーラを放ってるのかな」

「オーラだなんて。臨床心理学的にみれば錯覚の一種にすぎないんじゃない？」

「そりゃそうだけどさ。たまにはＤＳＭから離れて日常会話を楽しみたいよ。人格障害の区分を検証したり、気分障害のうつ病性障害について慢性か季節性かメランコリー型かと分析に追われてばかりなんて、人として健全じゃないね」

徳永はスーツを着ている。きょうは休日ではなく仕事らしい。

「日曜なのに忙しいのね」と美由紀は笑いかけた。「どこで仕事を？」

「ミッドタウンタワーの低層階にあるメディカルセンターだよ。いちおう精神科もあるんでね」

「きょうは休診じゃなくて？」

「そうなんだけど、それゆえに空いている診察室を使って面接をおこなっているんだ。患者の精神分析を頼まれていて、いまはその途中だよ」

「こんなところで油を売っていていいの？」

「すぐに戻るよ。あと五分か十分したら。仕事前に鋭気を養うのもカウンセラーとして必要なことじゃないか」

「それって、心理学的にみればセルフ・ハンディキャッピングってやつじゃない？　宿題の前にゲームにハマっちゃったりする学生の心理っていうか……。自分にハンディをつけて、不利な条件だと納得感を得るために、自然にそうなっちゃうっていう……」

「まさか。僕はそこまで意志力が欠如しちゃいないよ。ただなぁ。どうも気が進まないんだよ」

「察するに、患者さんを助けたいのは山々だけど、依頼内容が気に食わなくて、その葛藤《かっとう》で悩んでいるってとこかな。患者さんと依頼人は別？」

「……お見事。図星だよ。いつもながら素晴らしい観察眼だね。動物行動学者のデズモンド・モリスがいうには、心理が表出する順位は汗や顔いろ、心臓の鼓動などの自律神経系、脚、胴体、手の動き、そして表情ってことだけど……。きみはその六番目の表情だけ見て、感情が読めるんだな」

なぜか会話をはぐらかしたがっているように思える。しかし美由紀は、その患者のことを知りたいと感じた。助けられるものなら助けたい。

「その患者さんに精神科を受診できるだけの対話能力がなくて、世話をしている機関から依頼が入ったとか……」

「いや。そんなことなら問題ないんだがね。美由紀。きみは国税局のお世話になったことはあるかい？」

「国税局？　いいえ」

徳永はため息をついた。「そうか。僕よりずっと儲《もう》かっていそうなきみなら、一度や二度は納税額を疑問視されたこともあるんじゃないかと……」

「税金の計算なら、臨床心理士会の薦める顧問税理士の人に頼んでるけど。徳永さんはそうしてないの？」

「まあ、僕の場合は、いろいろとね……。きみって、臨床心理士としての仕事のほかに、警察の捜査に協力して解決したことも何度かあったじゃないか。ああいうのは、稼ぎにつながったんじゃないのかい？」

「全然。重大事件の解決に手を貸しても、総監賞の金一封は五万円ぐらいだし……」

「五万円⁉ 旅客機の墜落を防いだり、細菌の蔓延《まんえん》を防いだりしたのに、それっぽっちなのか？」

「正確には、表彰状と紅白餅《もち》もつくけどね……」

「へえ……そうか。じゃあ、きみの場合は純粋にカウンセリングを希望してくる相談者数《クライアント》が多いんだな。いいよな人気者は……」

「徳永さん。いったいどうしたっていうの？ その患者さんの後見人は国税局の人ってこと？ なぜそんなことに……」

「それが、なんとも奇妙な話でね」徳永は頭をかきむしった。「なんにせよ、こちらに飛び火しないことを祈りたいよ……。患者の症状ではなく、立場がね」

マルサ

東京ミッドタウン・メディカルセンターは、贅《ぜい》を尽くした近未来風の病院という印象だった。医療設備には最先端のテクノロジーが導入されているうえに、フロアも広く車椅子やストレッチャーの移動にも支障がない。休日の閑散とした院内は、その無機的な印象とあいまってより特異な空間に感じられる。

医師や看護師のいない精神科の診察室に、国税局査察部の小平隆《こだいらたかし》が待っていた。五十代半ば、額の生え際がかなり後退した小平は、飄々《ひょうひょう》とした態度ながらも仕事熱心さの垣間《かいま》見えるタイプの男だった。

そして、徳永がなぜこの国税局の人間を苦手としているのか、美由紀は小平を前にして初めて察しえた。

「お会いできて光栄ですよ、岬先生」小平は口もとを歪《ゆが》めたが、目は笑っていなかった。「お噂はかねがねうかがっております。千里眼であられるとか。うらやましいですな。国税局にも、同じ特技の人間がいたらどれだけ仕事が早くなることか」

小平がやや皮肉を漂わせた目で徳永を見やる。

徳永は咳《せき》ばらいをして、顔をそむけた。

おそらく徳永が小平と会うのは、これが初めてではないのだろう。たしかに徳永は、趣味に派手《はで》に金を使うことで臨床心理士会のなかでは有名だ。グランドピアノをいくつも購入しているし、千葉の山奥にそれらを据え置くための家を建てたときく。

そこに目をつけた小平が、徳永は納税額を過少申告していると疑いを持ったのだろう。現在はまだ、その尻尾《しっぽ》を握ることができていないにちがいない。もしそうならば、ここでこわばった笑顔を交わしあっている場合ではないからだ。

美由紀のその直感を裏付けるように、小平がきいてきた。「岬先生もピアノをおやりになるそうですな。徳永先生と同様に」

「それよりも」徳永があわてたようすで口をはさんだ。「隣の面接室に、又吉光春《またよしみつはる》さんを待たせてるわけですから……早く本題に入ったほうが」

「ああ、そうでしたな。こりゃ失礼」小平はさらりといった。「又吉光春さん、三十二歳。独身。ご両親とともに暮らしています。父親が六本木通りから一本入った住宅街に一軒家をお持ちでね」

「六本木に家だなんて、贅沢だな。きっと資産家の息子にちがいないね」

徳永のその言葉は、自分以外のスケープゴートに小平の目を向けさせたくて仕方がないという、焦燥の表れに相違なかった。唇の端が片側だけ上がりぎみになっている。左右非対称になる表情は嫌悪の感情が生じている証拠だった。

小平はしらけた顔でつぶやいた。「六本木に住むのは金持ちとは限りませんよ。昔からそこに家があったというだけでね。ドン・キホーテ六本木店の屋上に作られた絶叫マシンが、騒音を苦にする住民の反対で運行停止になったとか、聞いたこともおありでしょう。すぐ裏手には民家があってね。相続税さえ払えれば、代々そこに住んでいられる」

美由紀は、徳永と小平の心理戦には興味がなかった。ここに来た目的はほかにある。

「小平さん」美由紀は穏やかにいった。「わたし、その又吉さんという患者さんの症状がはっきりしなくて困っている……と徳永さんに聞いて、来てみたんですけど」

「おっと、そうですな、これは失礼しました。又吉光春さんはこのミッドタウンタワー内で届け物をオフィスに運ぶ仕事をしているんですが、その収入のわりには豪華な暮らしをしていてね。恋人を次々に取り替えては、ファーストクラスのチケットでオーストラリア旅行に行ってるし、クルマも何台も持ってる。ポルシェにBMW、光岡《みつおか》のオロチまで所有しているんですよ。信じられますか、日に何度か荷物をエレベーターで運ぶだけで、年収二千万です」

「……あのう。又吉さんは精神面の疾患を疑われているわけじゃないんですか？　ずいぶん元気そうな話ですが」

「いや、それで彼の収入源に疑問を持った税務署から報告が入って、われわれが追及に入ったんですがね。とたんに彼は体調を崩したといって、ここの精神科に通いだした。医師の見立てでは、どこにも悪いところはなかったそうですが、それでも具合が悪いというのでね。身体に原因がないのなら心因性の症状かもしれないということで、臨床心理士に相談すべきと思いましてな。私から又吉さんに進言し、かねてからの知り合いの徳永先生においで願ったと、そういうわけです」

徳永は苦い顔をした。「別に小平さんと知り合いだったから来たわけじゃないですけどね……。臨床心理士会経由でご指名があったから出向いてきたまでのことです」

「それで」美由紀は徳永にきいた。「又吉さんには、どんな症状が疑われると思う？」

「精神的に追い詰められたことによるストレス、不眠症かな。症状としては軽いものだ」

小平は徳永を横目で見やった。「経験者は語る、ですかね」

「どういう意味ですか」徳永はむっとした。

「いや別に。岬先生、われわれはそうは思っておらんのです。理想をいえば、又吉さんがあらぬ妄想を働かせる悪癖があるという裏づけがほしい。たしか、妄想性人格障害という症例があるそうですな。それが当てはまると証明していただけたら幸いなんですが」

美由紀は妙な気分になった。「それは……どういうことでしょう。小平さんのほうで先に結論づけておられるようですけど。先に症例ありきですか？」

「つまりだな」徳永がいった。「妄想性人格障害かそれに類する症例という、専門家の見立てがあれば、国税局として嬉《うれ》しいという意味だろうよ。又吉さんが嘘をついているという間接的な証明になるからね」

あきれた話だった。美由紀はたちまち、目の前にいるふたりの男に軽蔑《けいべつ》を覚えざるをえなくなった。

「すると、小平さんとしては、徳永さんならそういうシナリオに従った判断を下してくれると期待して、ここに呼んだわけですね？　負い目のある徳永さんなら、国税局に協力してくれるだろうと。で、国税局のほうは、徳永さんにいくらか手心を加えようという……」

徳永はひきつった表情になった。「な、なにを言うんだよ。僕に負い目なんてないよ」

小平もあわてたように告げてきた。「手心なんて、加えるつもりはないですよ。国税局はいつも公平ですから」

そうなのか？　とたずねるような目で徳永が小平を見やった。

ふたりのいたちごっこに付きあわされるのは、もううんざりだった。それより美由紀は、隣で待っているという又吉の身の上が気がかりで仕方なかった。

「小平さん」と美由紀はいった。「精神面での疾患や、心理面での異常が判りにくいものだからといって、症例をもてあそぶのは間違ってると思います。徳永さんは又吉さんという人を、ただの不眠症だと思ったわけでしょう？　それを妄想性人格障害と判断しろだなんて……」

「いや、美由紀」徳永は急に真顔になった。「こじつけばかりでもないんだ。又吉さんの言っていることは、本当に理解不能なんだよ。妄想性人格障害でなくとも、なんらかの症状を疑うことはありえるかもしれない」

「その通りです」小平もうなずいた。「できれば慧眼《けいがん》で知られる岬先生に面接願えると助かりますな。私どもとしては、もう完全にお手上げなんで……」

ハリウッド

美由紀は国税局に世話になったこともないし、なんの感情も抱いてはいない。又吉という人物が税金を過少申告しているかどうかも興味はない。

ただし、個人がある種の権力から追及を受けるにあたって、むりやり精神病もしくは人格障害扱いにされてしまうのを見過ごすわけにはいかない。又吉と面接することにした理由は、それだけだった。

洗面所に行き、ハンドバッグから目薬を取りだして点眼した。成分はただの人工涙液だが、少しは目が潤った感覚を得られる。

由愛香が指摘したとおり、誰かの感情を読もうとするのなら、この点眼は欠かせない。表情の変化の観察では、〇・一秒の瞬《まばた》きさえ惜しくなる。

それから面接室へと歩を進めた。徳永と小平は、隣の診察室で待っている。ここでは又吉とふたりきりだ。

又吉光春は、髪を短く刈りあげた小柄の臆病《おくびょう》そうな男だった。身を硬くして座りながら、びくついたような目で美由紀を見た。「あんた、誰？」

「臨床心理士の岬美由紀。よろしくね」と美由紀は、向かいの椅子に腰をおろした。

「岬……どこかで聞いたことあるな。有名人？」

「さあ。わたしのほうは、あなたのことはきょう知ったばかりなの。なんでも、収入について尋ねられると、あやふやなことしか仰《おっしゃ》らないとか……」

「あやふやだなんて。とんでもないよ。僕は常に本当のことを喋《しゃべ》ってる」

「ふうん……。じゃあ、悪いけど、初めから聞かせて。あなたはミッドタウンタワーで働いているのよね？」

「そう。地下二階にある郵便集配室勤務。三十一階が担当でね」

「担当って？」

「三十一階にはモリスンっていう健康機器の会社の営業部があって、ワンフロアすべてモリスンが借り切っててね。でもどのフロアもセキュリティ・システムが入っているから、外部の郵便局員は出入りできない。だから僕らが配達するんだよ」

「その仕事のお給料だけじゃ、いまの生活はできないって国税局の人は疑ってるみたいだけど」

「だからさ。僕は真実を告げてるんだよ。仕事は集配室勤務だけじゃない。俳優業も兼ねてるんだ」

「……俳優？　舞台とか、映画にでてるの？」

「映画だよ」

「どんな映画？」

「まだ公開されてないんだ。ハリウッド製作でね」

美由紀は口をつぐんだ。

なるほど、これではたしかに虚言を疑われても仕方がない。しかも目を輝かせているところを見ても、及び腰になっているようすはなく自信満々だ。妄想癖といわれれば、そう思えなくもない。

しかし、まだ結論をだすには早すぎる。

「ハリウッドって」美由紀は笑ってみせた。「すごいね」

「だろ？　向こうからオファーがあったんだよ」

「それで渡米したの？　時期はいつごろ？」

「いや。撮影は日本国内でおこなわれたんだ。僕のほうの都合を優先してくれてね。都内の撮影所に壮大なセットが組んであって、そこに連れていかれた」

「……又吉さんは劇団かなにかに所属してるの？」

「してないよ。去年までは素人だった。退屈な毎日を送る庶民だったよ」

「そのあなたに、突然ハリウッドから出演してくれって……」

「そうとも」

「映画の題名は？　もう公開予定は決まってるの？」

「ええと……タイトルはわからない。なんか、長ったらしい英語の題名でね。僕は英語、得意じゃないし。それに全米での公開は来年以降らしいよ。CGに時間がかかるとかで……。あ、そうそう。日本公開は未定だって」

「へえ……。でもなぜ、俳優経験のなかったあなたに、映画製作者は目をとめたのかしら」

「それがさ」又吉は身を乗りだした。「去年、東京ミッドタウンでの仕事の求人広告を見て、赤坂《あかさか》の人材派遣会社に行ったんだよ。そこで集配室勤務を世話してもらったんだけど、会社から出たとき、突然外人が声をかけてきてね。映画プロデューサーのワン・ウーピンって言ってた」

「その名前からすると中国系ね」

「ああ、中国人だったよ。アメリカのコミックをハリウッドで映像化するので、出演者を探してる最中だと言ってね。清朝末期の上海《しん》を舞台にしたストーリーで、そのなかに出てくる日本人の鴨田《かもだ》という男の役に、僕がぴったりだというんだよ」

「それ、道端でいきなり話しかけてきたってこと？　ずいぶん急ね」

「だろ？　僕も驚いたんだけど、ワンはその原作のコミックを見せてくれてさ。驚いたことに、コミックの登場人物のひとりが、僕そっくりだったんだよ。日本軍の軍服を着た、青年将校みたいなやつでね。出番もかなり多そうだった。どのページを開いても、最低ひとコマは描いてあったから。もっとも、英語のセリフは読めないから、話はわからなかったけど……」

「そのキャラクターにうりふたつの又吉さんを、たまたま見かけたプロデューサーが、唐突にスカウトしてきた……。そういうわけね」

「そうとも。で、撮影は何日かかるかわからないけど、参加してくれるかと聞いてきたんだ。当時はまだ東京ミッドタウンは建設中だったし、僕も仕事に就いてなかったしね。やりたいと言ったら、その場で手付金を渡してくれた。五十万円ぐらいだったかな」

「五十万……。現金でもらったの？」

「そう。封筒に入ってた」

「領収証にサインした覚え、ある？」

「……いや。ないね。その後の出演でも、ギャラは一日ごとにもらえたけど、常に現金の取っ払いだったよ」

誰から受け取った金であるかを証明する手がかりは皆無ということだ。これでは国税局に睨《にら》まれても仕方がないだろう。

美由紀はきいた。「撮影期間はどれぐらいなの？」

「それがさ。最初ははっきりしなかったんだ。ワンは、こちらから連絡するから待っててくれと、そういい残して、数日はなにもない状況がつづいた。悪戯《いたずら》かなと思ったけど、五十万円もらってるし、待つしかないなと腹を決めた。すると、半年ほども経って、東京ミッドタウンで働きだしたころになって、まっ昼間に電話があってさ。これから迎えに行くっていうんだ。乃木《のぎ》曾館の裏の通りで待っててくれって」

「変わった場所で待ち合わせたのね。道も細いし、クルマも入りにくいと思うけど」

「でもどでかいワンボックスで迎えに来たよ。で、後部座席に乗りこんだら、窓の外が見えなくてさ。ふつう、ウィンドウ・フィルムってのは外から見えなくするためのものだと思うんだけど、あれは中からも見えなくなってた。ワンは、撮影所はすぐ近くだと、それしか言わなかったけどさ」

「じゃあ正確には、どこに連れていかれたかもわからないの？」

「そうなんだよ。クルマを降りたときには地下駐車場みたいなところで、そこからエレベーターで昇った。でも、ありゃびっくりしたな。上海のパーティー会場みたいなところが完璧《かんぺき》に再現されてたんだよ。本格的なセットを組んだってワンは言ってた。広々とした、西洋と東洋が混ざったエキゾチックなホールで、そこかしこにチャイナドレスの女がいてさ。カジノテーブルがあって、賭《か》けごとをしてるって設定みたいだった」

「それ、スタジオなの？　天井に照明器具とか下がってた？」

「……さあ。天井なんか見たっけな。でっかいシャンデリアはぶら下がってたよ。それから、柱に赤い龍が彫りこんであった。撮影スタッフとか、スタンド式の照明はもうあちこちにあった。ホールも本格的な建造物でさ」

「ってことは、スタジオじゃなくてロケじゃないの？　セットの場合は、現場にいれば建物の内装は作りものとわかるはずだし」

「……そうなのかい？　詳しいことはわからないけど、ワンは映画のために建てたと言ってたよ。美術費に金がかかってるとも言ってたしな」

「セリフは英語だった？　それとも日本語？」

「そこが僕も不安でさ。英語を喋れといわれたら、どうしようかと思ってたけど、心配なかったよ。鴨田ってキャラは寡黙なやつで、ほとんど喋らないから。表情も変えない。いつも仏頂面で腕組みしてばかりだ。あんなに楽な仕事はなかったな。でも、メイクは大変だった。外人のメイクアップアーティストが僕の顔に化粧を施すんだけど、これが時間がかかってね。とはいえ、衣装を着てみたら、コミックのなかの鴨田の生き写しでさ。監督もスタッフも大喜びだったよ。共演者も」

「共演者？　誰か知っている俳優はいた？」

「さあ。ワンに紹介はされたけど、名前は忘れちゃったよ。外人ばかりだったし、洋画はあまり観ないんで……」

「で、そんな調子で一日の撮影が終わって、また外の見えないクルマで帰されたってわけ」

「ああ。帰りぎわにクリップボードを渡されて、暗証番号を書いておいてくれというんだ。それがあれば、撮影施設にスムーズに入れるからと言ってた。なにしろキャストとスタッフで総勢二百人以上が働いているんで、メイクもせず、衣装も着ていない人間が関係者かどうか判別できないんだってさ」

「またおかしなチェックをするものね。暗証番号は毎回同じでいいの？」

「いいや。セキュリティの都合上、異なったものを書いてくれというんだよ。六ケタの数字だった。いつも撮影終了後に急に言われるから、数字を考えるのも大変でさ。次回までちゃんと覚えていられる数字じゃなきゃいけないんで」

「その暗証番号を書いて、取っ払いでギャラをもらって、一日の仕事は終わり、ってことね」

又吉はうなずいた。「封筒をもらって、びっくりしたよ。ずしりと重くて、こんなに分厚いんだよ。家に帰ってから開けてみたら、三百万もあった。一日の撮影だけで三百万だよ。撮影は六日つづいたけど、それだけでも千八百万だ」

「すごいわね。六日つづいたってことは、六日目が最終日だったってこと？　なにか特別なことはあった？」

「それが」又吉の表情がふいに曇った。「いつもとなにも変わらなかったんだ。暗証を書いて、ギャラ受け取って、クルマで乃木會館の裏に送られて。また明日、いつもの時間にとワンに言われて、家に帰った。けどさ……」

「次はなかった。そういうこと？」

「そうだよ。定時に待ち合わせの乃木會館裏に行ったのに、ワンボックスは来なかった。ワンの電話番号は携帯に登録してあったから、かけてみたんだけど、つながらなかった。本当にそれきりだ。最後はあっけないものなんだな」

むろん、ハリウッドが俳優を突き放すような真似はしないだろう。にわかには信じがたい状況であることは間違いない。

美由紀はきいた。「ワンさんの名刺とか、台本とか、残ってない？」

「それがなにも……台本は英語だったし、もらってもしょうがないから受け取らなかった。向こうも渡したがってはいなかったし。名刺もないな。原作のコミックももらっておきゃよかったけど、いつでも手に入るものと思ってたから……。いつ公開になるか、情報ぐらいは知らせてほしいけどな」

ということは、俳優として働いたという証拠もなく、又吉の手元に千八百万円だけが残されているわけだ。

沈黙が降りてきた。美由紀は無言にならざるをえなかった。

あまりに突拍子がなさすぎる話のうえに、信憑性《しんぴょう》は皆無といっていい。だが……。

ノックの音がした。扉が開いて、小平と徳永が入室してきた。

「いかがですかな」小平が微笑していった。「狐につままれたような話でしょう？」

「たしかに……」美由紀はつぶやいた。

又吉は心外だというように目を見張った。「ぜんぶほんとのことなんだよ。そうじゃなきゃ、僕みたいな男がどうしてあんなに大金を稼げると思う？」

小平が腕組みをした。「だから、われわれとしてはぜひそれを打ち明けてほしいと思ってるんだがね」

「言っただろ。俳優としてのギャラだって」

「それが信じられないから真実を聞きたいと思ってる」

「まって」美由紀はいった。「小平さん。ひとつあきらかなことがあるの。又吉さんは嘘をついていないわ」

「……そりゃどういうことですか。まさかこの妄想じみた話が本当だとでも？」

「とにかく、又吉さんが本人にとっての真実を語っていることはあきらかです。嘘をつけば上瞼《まぶた》が上がって下瞼が緊張するけど、その兆候はなかった。眉毛《まゆげ》もあがってない。目も泳がなかった。妄想性人格障害は話し相手に対し敵意をみせるという特徴があるけど、又吉さんの態度は終始友好的で、異常があるようには見えない」

「それが岬先生のお見立てですか……？　失礼ですが、表情以外に嘘でないという根拠は……」

「いまのところ、ないわ。ただ嘘ではないって判るだけ」

「それじゃあ裁判で通りませんよ」

「そうね。だけど、事実には違いないの」

感情を見抜く技能は、わたしにだけ備わっている。わたしだけが真実を見抜き、納得できる。しかし、それを他人に伝えたところで、了承してもらえるものではない。この能力について、いつも感じているジレンマだった。

わたしにできることは、真実だという前提で考え、なぜそうなったかという原因を探ることだ。美由紀は自分にそう言い聞かせた。

それにしても、どうも胸にひっかかることがある。美由紀はいった。「又吉さん。もうひとつ教えてほしいんだけど……。集配室での仕事、三十一階のモリスンって会社の出入りにセキュリティ・システムが存在してるって言ってたよね？　どんなシステムなの？」

「ごく簡単なものだよ。暗証番号だ。六ケタの……」

そう告げながら、又吉は顔をこわばらせた。自分の言葉に衝撃を受けたらしい。

「六ケタ？」美由紀は又吉を見つめた。「最後の撮影になった日、どんな暗証番号を書いたか覚えてる？」

「あ……。だけど、そんな……。まさか、そんなことが……」

徳永が眉をひそめた。「なんだい？　話がみえないが」

美由紀は徳永にいった。「又吉さんが撮影に連れていかれたって話は真実だけど、すべてはフェイクだった可能性があるってことよ。何者かが三十一階の暗証番号を手にいれるために、巨額の費用をかけて又吉さんをだましおおせた」

小平が面食らったようすできいてきた。「なんですって？　どういう意味です、それは」

「次回まで記憶しておかねばならない暗証番号、それも毎回変わるとなると、数字を考えるのもしだいに困難になるものよ。クレジットカードやキャッシュカードなどの暗証番号をぜんぶ統一している人もいるけど、それは覚えきれないからなの。撮影がいつ終わるともなくつづいて、毎回暗証番号を聞かれていれば、やがて記憶している既存の番号を使おうとする日がやってくる。たぶん撮影隊を装っていた連中は、毎晩のようにこのタワーの三十一階まで昇って暗証番号を試し、セキュリティが解除されなかったらその翌日も又吉さんを迎えにいく、そういう段取りを繰り返したのよ。最終的に六日目で又吉さんが三十一階の暗証番号を書いてくれたので、もう用済みとなって、彼らは姿を消した。そういうことね」

「たかが暗証番号を入手するために大金を払ったってことですか？　なら札束を積んで、番号を教えてくれと頼むほうが早いと思いますが」

「それができない理由があるに違いないわ。暗証番号が漏れたという印象を誰にも与えないようにしたかったのね。たぶん、真犯人らの三十一階への出入りは現在もおこなわれているんでしょう」

「しかし、そのフロアにあるのは健康用品器具販売のモリスンだけですよ？　なにか物品を持ちだすために侵入しているのだとしても、かかった金に見合うだけのものがあるとは思えませんが」

「盗みが目的とは限らない。なんにせよ、千八百万円ものお金を又吉さんに渡したのは、より巨額の収益を得られる計画が進行しているからとしか思えない。そして、そのお金について、税務署が動いたときのことまで彼らは想定していた。突拍子もない映画撮影という状況を作りだしたのは、すべてが妄想や嘘に思えるようにするためよ。こんな考え、よほどの策士じゃなきゃ浮かばないわね」

又吉は啞然《あぜん》としたようすでつぶやいた。「僕は、だまされてたってことかい……？　あれが、ぜんぶでっちあげ……？　そんな……」

「とにかく、三十一階を見てみないことには真相究明は難しいわね」美由紀はいった。

「モリスンが気づいていないだけで、すでになんらかの被害を受けているのかもしれない」

新たなる視点

美由紀は又吉に案内されて、ミッドタウンタワーのオフィスフロアに通じるエレベーターに乗りこんだ。徳永と、国税局の小平も同行していた。

シルバーメタリックの壁に包まれたエレベーターの内部は、デザインという観点で見れば洒落《しゃれ》てはいたが、いくつか問題があるように思えた。

上昇するエレベーターのなかで美由紀はいった。「どの階になんの会社が入っているか、まったく表記がないのね。エレベーターホールにもなかった。ずいぶん不便ね」

又吉は肩をすくめた。「それも安全のためでしょう。入りにくくしてるんです」

「行き先を押すボタンも、押したら隣の小さなLEDランプが点灯するだけね。このランプが切れて点《つ》かなくなったら、その階に停まるかどうかわからなくなる。ほかにバックアップの表示がもうひとつかふたつ、必要かもね」

徳永が妙な顔をしていった。「ずいぶん神経質だな。出来たばかりのビルだよ。エレベーターがそんなに怖いかい？」

「ええ」と美由紀はうなずいた。「以前に怖い思いをしたこともあるから」

扉が開いた。その向こうには、装飾のない通路がつづいている。

「三十一階です」又吉は歩を進めながら告げた。「中層バンクと高層バンク用ロビーがあるほかは、六階から四十四階まで間取りはまったく同じでして。この通路に窓がないのも各階共通なので、よく間違った階で降りちまいます」

美由紀は歩調をあわせた。「階数の看板もないのね。オフィス受付まで行かないと、間違いに気づかないかも」

「そのうち各階の企業それぞれが廊下に物を置いたり、看板を出したりすれば違ってくると思いますが、まだどこも入居したばかりなんで。あ、これです。ここがセキュリティ・ゲート」

通路の行く手は鉄格子に阻まれていた。手前にテンキーがある。又吉は手もとを隠そうともせず、六ケタの暗証番号を打ちこんだ。３８６０１２。

鉄格子の扉は横滑りに開いた。

又吉は歩きだした。「この先に足を踏みいれた人間は、みな監視カメラに写ります。録画もされているし、テンキー操作もデータに残るんです。侵入者があればすぐ判明すると思いますが」

「そうかな」美由紀も鉄格子の向こうに歩を進めた。「侵入した疑いがなければ、企業側もわざわざデータはチェックしないんじゃなくて？」

直角に折れた通路の先に、モリスンのロゴの入ったガラスの扉があった。

その扉を開けるスーツ姿の中年男性がいる。軽く頭をさげながら男はいった。「モリスン営業部第二課長の渋北《しぶきた》です」

小平が真っ先に進みでた。「どうも、休日にご出勤恐れ入ります。ご連絡させていただいた国税局査察部の小平です」

「どうも……。あのう、きょうはオフィスのほうに泥棒が入った疑いがあるとかで、開けさせてもらったんですが……。企業への立ち入り検査ということじゃないですよね？」

「ご心配なく。モリスンさんの申告額に疑問があるわけじゃないですよ。あくまで強制ではなくお願い申しあげていることですから、ご協力いただけると助かります」

「はあ……。ええ、まあ、どうぞ」

強制ではないといいながらも、小平は自分の職場名を伝えることでかなりの場合フリーパスとなりうることに、利便性を感じているようだった。

オフィスに入ってみると、そこはどこにでもある企業の内部という感じだった。日曜なので誰もいないが、課ごとに机が並べられ、棚には資料や顧客名簿などがおさまっている。壁には業務成績のグラフが貼りだしてあるが、全体的には閑散とした印象を受ける。机の数に比して、フロアが広すぎるからかもしれない。

美由紀はいった。「ずいぶん空間にゆとりがあるみたいですけど」

「そうですね」と渋北がうなずく。「会社が成長して営業部が大きくなると期待してのことなので……。いまのところふたつの課しかないんですが、将来的には三つ四つと増やしていきたいところです」

「壁が全面ガラス張りになってるわりには、薄暗いですね」

「このフロアに限ってのことです。特殊なウィンドウフィルムが貼ってありますから」

「特殊？」

「外からの電磁波を百パーセント遮断して、室内に入れない窓なんですよ。これにより、高圧電線の近くなどでも健康を害さずに暮らせます。うちの新商品でして」

「ふうん……」

窓に近づいてみると、息を呑《の》むような光景が眼下に広がっていた。

六本木から西方向、目黒区や世田谷《せたがや》区方面の街並みが緻密《ちみつ》にして広大なミニチュアのように存在していた。かつて航空機の操縦桿《かん》を握っていた美由紀は、その建物の大きさから地上二百メートルの高さだと直感した。

かつて防衛庁があった赤坂九丁目のこの高さから都心を見下ろす視点は、ミッドタウンタワー建設で初めて生じた。首都高速三号渋谷《しぶや》線と、四号新宿線、その先の中央自動車道をたどっていくと、それぞれ八王子《はちおうじ》の向こうに見える山々や御殿場《ごてんば》、箱根《はこね》山までを望むことができる。手前に目を転じてみれば、日本赤十字社医療センターや有栖川宮《ありすがわのみや》記念公園、青山《あおやま》霊園などがいずれも小さく確認できる。代々木《よよぎ》公園も猫の額ほどの狭さに感じられた。

「まさに天然の地図って感じ」美由紀はつぶやいた。

徳永は近づいてきたが、すぐに後ずさりした。「足もと近くまでガラス張りなんて、落ち着かないな」

「へえ。徳永さんは、高いところ苦手？」

「平気でいられるほうがおかしいよ。そのガラスに寄りかかって、外れないっていう保証はどこにある？」

「おおげさね」と美由紀は苦笑したが、そのときふと、足もとのカーペットに奇妙な跡を見つけた。

その場にかがんで、カーペットの表面をなでる。「これ、なにかしら」

「どうかしたか？」

「縦二センチ、横六センチぐらいの直方体に絨毯《じゅうたん》の毛が沈みこんでる」

「……こっちにもあるぞ。あ、それからここにも」

美由紀は顔をあげた。徳永が指摘した二箇所は、美由紀の見つけた跡からそれぞれ一・五メートルほどの間隔がある。

いや、三つの跡いずれもが等間隔に開いている。ガラスの近くをひとつの頂点とし、正三角形を描くかたちに跡が残っていた。

「渋北さん」美由紀はきいた。「これらの跡は?」

歩み寄ってきた渋北が、床を見下ろして眉《まゆ》をひそめる。「さあ……。心当たりはないですな。こっちのほうには、何も置いたことがないので」

小平がいった。「会社が入居する前からあったんじゃないか? 内装工事の最中についたとか」

「いえ」と美由紀はいった。「そんなはずはないわ……。これはまだ新しいものよ。少なくとも一日か二日ぐらいしか経ってない……。ひょっとして……」

「なんです? どうかされましたか?」

美由紀は立ちあがり、窓の向こうに目を転じた。

何者かが必要としていたのはオフィスのなかではなく、ここからの眺めか。千八百万円を投じてまで手に入れたかった視点。いったいなにを見つめようとしていたのだろう。

SRT

その夜、美由紀は警視庁捜査一課の刑事部屋に隣接する応接室で、ひとりの刑事と会った。

三十代半ばの岩国庄治《いわくにしょうじ》という警部補は、あきらかに気乗りしないようすで告げてきた。

「岬先生。あなたが過去に警察の捜査に何度か協力していただいたことや、その結果として凶悪犯罪を未然に防ぐことができた事実は聞き及んでます。だからこうして私も話を聞くよう仰せつかったんですが……。今回ばかりは、どうにも話が読めません。いったい私どもにどうしろと?」

「だから、さっきも言ったでしょう。ミッドタウンタワー三十一階のモリスンに不法侵入している人物がいるんです。それも一度や二度じゃなく、毎晩のように」

「株式会社モリスンから被害届は出ていないんですよ。問い合わせてみたが、盗られたものはなにもないし、誰かが侵入した痕跡《こんせき》もないといってた」

「でも防犯用のデータが消去されているという、不審な状況があったはずよ。営業部の渋北課長が警備センターに聞きただして判明したことです」

「故障か、または単純な人的ミスの可能性も高いってことでしたよ」

「そんなはずはありません。侵入者はいたんです。そして今後も毎晩のように犯行は繰りかえされます」

「なんの犯行が、ですか。誰かが無人のオフィスにあがりこんで、備品にはいっさい手を触れずに朝まで動かずにいる。そんな輩《やから》が本当にいるのだとしたら、目的はなんです？」

美由紀はハンドバッグから、用意してきた紙片を取りだした。

岩国はそれを受け取り、じっと見つめた。「これはなんです？」

「ネットで検索してでてきたページをプリントアウトした物。英語だけど、だいたい読めるでしょう？　スーパー・リフレクティング・テレスコープ。通称ＳＲＴ」

「テレスコープ？　つまり望遠鏡ですか」

「そう。長さ三・一六メートル、口径四十センチの天体観測用望遠鏡で、持ち運びできるものとしては最大級のサイズになる。スイスの企業の特注品で、超拡大に伴う光量不足が特殊な内蔵反射板によって補われることで、はるか遠方の小さなものを鮮明に見ることができるの。通常、この口径なら倍率は八百倍ていどだけど、ＳＲＴの場合は六千倍まで拡大可能。ようするに、二百メートルの高さから地上の人が読んでる雑誌の記事を視認できるんです」

「……ということは」岩国の顔いろが変わった。「これが毎晩ひそかに、三十一階に持ちこまれていると？」

美由紀はうなずいた。「防衛大でSRTを見たことがあるけど、五百キロ近い重さがあって、運搬には専用の台車が必要になる。設置はチタン製の三脚を立てて、その上部に五段階に分けておこなうのよ。三脚についてもそこにデータが記載されてるけど、一辺が一・五メートルほどの正三角形で、設置面の形は長方形。モリスンの窓ぎわに残っていた跡に、きわめて似ている」

「どうして連日設置されていると？　残っていた跡は一箇所だけでしょう？」

「二度目以降は、前回の跡を目印にして三脚を設置した可能性が高いんです。跡がしっかりと残りすぎているし、少しずれて置かれた痕跡もあるしね。暗証番号を盗みとったことを悟られまいとしていたわけだから、永続的に三十一階を利用するつもりだったと考えられる」

「すると……犯罪そのものは覗《のぞ》きですか」

「かもね。以前に建っていた防衛庁庁舎はもっと低かったし、周辺にはあの高さのビルディングはない。ミッドタウンタワーが建ったことで初めてあの視点から見下ろすことが可能になったんだから、膝下《ひざもと》の建物に住む人々は、そこからの監視を想定していないのよ。いままでの習慣で、自宅の二階のバルコニーで一日のほとんどを過ごす人がいたとすれば、その人を監視するには恰好《かっこう》の道具立てってこと」

岩国は唸《うな》った。

「そのう……岬先生。仰《おっしゃ》ることは理解できたんですが、犯行がただの覗きとなると……。覗かれている被害者が訴えてでないことには、われわれとしては動けません」

「犯罪を未然に防ぐのも警察の仕事でしょう?」

「それはそうですが……。私どもは捜査一課でして。殺人や誘拐、強盗などの凶悪犯罪が担当です。もしこれが、たとえば若い女性のプライバシーを侵害しているという状況なら、所轄の赤坂警察署に被害者が相談をすべきことで……」

「違うってば」美由紀は紙片を取りあげた。「郵便集配室勤務の又吉さんに千八百万円も払ったうえに、手のこんだ芝居で足がつかないようにしたのよ。重大にして凶悪な犯罪の前触れだと思わない?」

「それは、たしかにそうですが……。岬先生は、どんな事態を憂慮しておいでで?」

「……まだわからない。けれど、少なくとも放置はできないの。又吉さんは国税局から疑いをかけられている。ほぼ健全な精神状態なのに、妄想性人格障害の症例を押しつけられる寸前にまで至ってる。なんとかあの人を助けなきゃ……」

「その又吉さんという人は、岬先生のかねてからの知り合いでもなんでもないんでしょう? 臨床心理士として、その人の相談を担当しておられたわけでもない。そこまで頑張る必要がおありで?」

「……このままじゃ仕事も失ってしまうだろうし、社会的信頼も失墜してしまう。追い詰められている人を救いたいの。それだけよ」

しばらく沈黙があった。岩国は渋い顔をして、美由紀の手にした紙片に見いっていた。

やがて、岩国は意を決したように告げた。「わかりました。モリスン側と相談して、早急に手を打ってみます」

美由紀は安堵《あんど》を覚え、微笑した。「ありがとう……」

「いえ……。やるからには全力でぶつかりますよ。警備員からの通報を待たず、現行犯逮捕できるように人員を配置します。岬先生の仰ることですから、きっと間違いはないでしょう……」

財産放棄

翌日の昼下がり、美由紀はガヤルドのステアリングを握り、外苑《がいえん》西通りを白金《しろかね》方面に向かって走らせていた。

きょうの昼食は、由愛香が白金二丁目に出店しているイタリア料理店、グラツィエッラでとることになっている。由愛香のほうから食事の誘いがあるときは、たいていなにか自慢したい話がある場合と相場がきまっていたが、今回はその内容もおおよそ見当がつく。東京ミッドタウン内のマルジョレーヌの件だろう。本場フランスのシェフを、彼女は呼び寄せたがっていた。それが成立したに違いない。

この白金にある店のほうは、いわゆるシロガネーゼの主婦たちに人気で連日、予約なしの入店お断りという状況がつづいていると聞くが、人気店をいくつも切り盛りする由愛香の手腕は純粋に驚くべきものだった。彼女は仕事以外に、あまり趣味らしい趣味も持っていないようすだ。

仕事ひと筋に生きられる人生を、心から羨《うらや》ましいと感じる。わたしはわき道に逸《そ》れてばかりだ。

グラッィエッラの前にあるパーキングエリアに停めようとして徐行したとき、美由紀は困惑を覚えた。

いつも美由紀が駐車するパーキングエリアは、景観にそぐわないトラックや業者用バンに占拠されている。いままで見たことがない光景だった。

美由紀はそれよりも手前にクルマを停めて、外に降り立った。

歩道をグラッィエッラに向かって進んでいくと、戸惑いはさらに深まっていった。

作業着姿の男がトラックから脚立を運びだし、店に入っていく。どう見ても客には思えない。

店の前まで来て、美由紀は衝撃を受けた。

開け放たれた扉のなかに、レストランはすでに存在していなかった。テーブルや椅子は撤去され、かろうじて壁紙や照明にその名残がある。その照明も脚立に昇った業者によって取りはずされるところだった。

解体作業。いったいなぜ……。

呆然《ぼうぜん》とたたずんでいると、Tシャツ姿の髭面《ひげづら》の業者が通りがかった。男は美由紀を見てきいた。「なにか?」

「あ……あの、ここはどうなったの? 改装中?」

「いいえ。テナント募集中の状態に戻せといわれてるだけだよ。次の借り手は、まだ決まってないんじゃない?」

「ってことは……閉店したの?」

「そうみたいだねぇ」

「いつごろ?」

「さあ。急な話みたいだったから、さっきからほかにもお客さんが覗いて、驚いた顔をしていくよ。まあ都内じゃ飲食店はしょっちゅう入れ替わるからね。珍しくはないよ」

その事実はたしかにある。しかし、由愛香の店については例外のはずだ。

彼女の経営状態は良好だったはずだ。とりわけ、この白金のグラツィエッラは。

急にどうしたというのだろう。美由紀は、無の空間と化していく店内を眺めながら思った。

東京ミッドタウンの広大な庭園で、強い陽射しを避けて木陰にたたずんだ美由紀は、携帯電話を操作してiモードにつないだ。

中古車情報のページを表示し、検索窓に文字を打ちこむ。アルファ8cコンペティツィオーネ。

検索結果は一件だけだった。それを表示してみると、画像はまさしく由愛香の乗っていたクルマそのものだった。車体色も同じ、ホイールは特注品の金メッキだ。

ため息が漏れる。情報の掲載日はきょうの日付だ。あれだけ気に入っていた愛車を、いきなり売りにだすなんて。いったいなにがあったのだろう。

美由紀は携帯電話をハンドバッグにしまいこむと、歩きだした。ガーデンテラスはすぐそこだ。

ここも解体作業が始まっていたらどうしよう。不安に駆られながら歩を進めたが、マルジョレーヌの看板は下ろされてはいなかった。ガラス張りの店内で働く業者らも、解体ではなく内装の飾りつけを進めていることがわかる。

ほっとしながらエントランスを入っていくと、ひとりの中年の業者がペンキ缶片手にこちらに歩いてきた。

「こんにちは」美由紀は声をかけた。「店長いる？」

「さあね」男はなぜか不機嫌そうだった。「さっきまでそこにいたけど。すぐに戻ってくるんじゃないか」

不穏な空気を感じ、美由紀は店内を見まわした。

どうもようすが変だ。ベル・エポック調の華やかさを目指していたはずの内装が、極端に安っぽくなっている印象を受ける。業者も二、三人が立ち働いているだけだった。

「なにがあったの？」と美由紀はきいた。

ふんと男は鼻を鳴らし、立ち去りぎわにつぶやいた。「直前になってあちこち変更されたんじゃたまらないよ」

変更。計画性を重視する由愛香にしては珍しい。

美由紀は奥に入っていき、カウンター・テーブルの上に広げられた図面を見た。

あちこちに赤いペンが入り、書き直されているのがわかる。特注品で占められていたインテリアの備品は、そのほとんどが汎用《はんよう》の既製品に入れ替えられていた。

ここでも大幅に予算が削られているらしい。

厨房《ちゅうぼう》に入っていくと、段ボール箱が山積みになっていた。表記によれば、牛乳や卵、小麦粉がおさめてあったもののようだ。

驚いたことに、キッチンにはもう作業した形跡があった。ボールには生クリームが精製してあるし、卵のからがあちこちに散乱している。

冷蔵庫を開けてみた。完成済みのケーキがいくつも並んでいる。リンゴの切れ端も一緒におさめてあった。炭酸飲料の一・五リッターのペットボトルもあったが、大きく凹《へこ》んで変形していた。

美由紀は由愛香の意図を知って愕然《がくぜん》とした。こんな手を使うなんて。

心拍が速まるのを感じながら、美由紀はレジに向かった。予算のカットについて、帳簿になにか記載があるかもしれない。

と、レジには、またしても似つかわしくない物が置いてあった。アイロンと洗濯のりのスプレーだった。その下に、数枚の千円札が無造作に投げだされている。

開店前とはいえ、現金を放置しておくとは。美由紀はそれらをレジに戻そうと手を伸ばした。

そのとき、背後で由愛香の声がした。「あら、美由紀。ネコババでもするつもりなの?」

振りかえると、由愛香が冷ややかな顔でたたずんでいた。

美由紀は不快な気分になった。「馬鹿なこといわないでよ」

「そう。ま、美由紀が何千円かを気にかけるわけもないか。ちょっと頭がおかしくなった人たちと話をするだけで、毎日のように大金が転がりこんでくるんだから」

「……どうしたっていうの? 由愛香。あなたらしくもない」

「なにが? わたしらしいってどういうことかしら。美由紀が決めつけることじゃないでしょ」

「いいえ。わたしに限らないわよ。誰が見たっておかしい。ケーキの材料は開店当日に運びこんで、作りたてをお客さんにだすんじゃなかったの？　こんな埃《ほこり》っぽい場所で作り置きをするなんて。しかもリンゴの切れ端を一緒にしてあるのは、そのことを隠蔽《いんぺい》するためでしょ？」

「隠蔽だなんて。口が悪いわね、美由紀も。リンゴの蜜《みつ》と甘い風味がケーキの新鮮さを保つし、水気のおかげでケーキのスポンジも湿ったままになる。ケーキを長期保存するときの知恵よ」

「ペットボトルの空気を絞りだすようにして、密閉状態で蓋《ふた》をして炭酸を長持ちさせるなんて、いまどきインドの喫茶店でしかやらない手よ。それにこれ、折り目のついた紙幣に洗濯のりのスプレーをして、両面にアイロンをかけることで、なんとか新札のような張りをだそうとしてるんでしょ？　こんな手間をかけなくても、銀行に頼めば新札で預金を下ろすことが……」

「わかってるわよ！」由愛香は憤りのいろを浮かべた。「そのう……面倒を省いて、手持ちのお金を有効に使おうとしただけ。ただそれだけのことよ」

美由紀は不安を覚えて押し黙った。

由愛香の言っていることは筋が通っていない。銀行を利用することさえできないのか。口座を解約してしまったか、取り引きを停止させられてしまったのか。

「ねえ、由愛香。……なにがあったっていうの？　クルマも売ってるし、ここ以外のすべての店を閉めちゃったでしょ？」

「もう調べたの？　あいかわらずやることが早いのね。けど、心配なんてしてもらわなくて結構よ。ここの出店にお金がかかるから、一時的にほかのお店を売却しただけ。経営ってのは戦略でね。外から見てたんじゃ理解できないわ」

「東京ミッドタウンの家賃がどれだけ高くても、そんなことは織りこみ済みだったはずでしょ。ちがうの？　あなたは出店を急いで見切り発車するタイプじゃないはずよ。それに、この店内……。どうして今になって予算を大幅に削るの？　ここがあなたの夢見た店であるはずが……」

「大きなお世話よ！」

美由紀はびくっとして口をつぐんだ。

業者らも作業の手をとめて、こちらをしらけた目で見やる。

由愛香は居心地悪そうに目を泳がせながら、苛立《いらだ》ちを漂わせていった。「あなたになにがわかるっていうの」

「……由愛香。もし困ったことがあるなら、わたしが力になるから……」

「やめてよ。そういうのって嫌」

「でも……」

「わたしが困窮しているみたいだから、恵んでくれるって？　美由紀。こういう状況になって、気分がいいでしょ？」

「なにを言ってるの？」

「わたし、美由紀なんかよりずっと年収も上だったし。内心、そのことを気にかけてたんじゃないの？　わたしが没落したら、たちまち慈悲の心を発揮できるチャンスとばかりに、手を差し伸べてくれるなんてね。こうなることを期待してたとしか思えない」

「そんなこと……。わたしは純粋に、あなたのことを心配してるのよ」

「どうして？」

「どうしてって……友達だから……」

「本当にそう？」由愛香は軽蔑《けいべつ》と自嘲《じちょう》の入り混じった目で美由紀を見つめてきた。「ほんとにわたしを友達だと思ってた？　わたしたち、そんな関係だっけ？」

美由紀は無言にならざるをえなかった。戸惑いだけが胸のなかを支配する。

わたしは、由愛香のことをどう思ってきたのだろう。

人の感情が読めるようになって、真の友情というものは育たないと落胆した日があった。由愛香と知り合いになったのは、そのころだった。

彼女は、こちらの心に踏みこんでこない特異な人物だった。美由紀も彼女について、あれこれ聞いたり気遣ったりはしなかった。互いに詮索《せんさく》もしない。相互不可侵の関係こそが、ふたりのあいだにあったすべてだった。

それは、ふたりがそう望んでいたからにほかならなかった。友情なんてない、そう決めてかかっていたがゆえに生じたつきあいだった。

「聞いて」美由紀はあわてながらいった。「たしかに以前は、あなたとわたしは醒《さ》めた関係でしかなかった。けれど、いまは違う。そう思いたいの」

由愛香は表情を変えなかった。かすかに潤んだ目で見かえしながら、由愛香はつぶやいた。「美由紀。わたしの気持ち、読めるんでしょ?」

そのひとことが、彼女の返答すべてだった。

エントランスのほうから、コンコンとガラスを叩《たた》く音がした。

目を向けると、あの丸いサングラスをかけた痩《や》せた男が、ステッキの先で扉を叩いていた。いちおう、ノックのつもりらしい。

ふいに由愛香の顔に焦燥のいろが浮かんだ。

「もう帰って」由愛香は美由紀にそう告げると、足ばやにエントランスに向かっていった。

丸いサングラスの男と由愛香は、店の外に立ち会話を始めている。由愛香は、美由紀の介入を拒むかのように背を向けていた。

不安と、困惑と、緊張が激しく渦巻き、美由紀の心拍を速めていた。

左右が非対称になった表情。

由愛香は、わたしを遠ざけたがっている。もう二度と会いたくないと思っている。そんな彼女の感情を見抜いたからだった。

わたしの勘違いであってほしい。でも、その可能性は万にひとつもない。

パーティー

夜、十時すぎ。

美由紀は、乃木坂《のぎざか》にある由愛香のマンションから少し離れた路上にランボルギーニ・ガヤルドを停めていた。

この一帯は都内のわりには暗い。街路灯の下を避けて停めていれば、マンションのエントランスからこちらに気づくことは稀《まれ》のはずだ。

東京ミッドタウンのマルジョレーヌ以外の店を閉め、クルマも売った由愛香が、このマンションだけは引き払っていない。ということは、彼女にはそうせざるをえない理由があるのだ。

おそらくはいま、住所を移すわけにはいかないのだろう。すなわち、届け物があるか、もしくは迎えが来ると考えられる。

五階にある由愛香の部屋の明かりは点《つ》いている。彼女は早くから帰宅していた。たぶん誰かを待っているに違いない。

由愛香の身を案じて、ここでじっと待つ自分がいる。と同時に、複雑な思いが心のなかに広がっていく。

わたしは由愛香に嫌われていたのか。いや、そもそも、好かれてはいないことは承知のうえだった。両者の関係に、好き嫌いの感情など無縁のものだったからだ。

それでもいまに至って、由愛香はわたしに嫌悪の感情をむきだしにした。

彼女にとって、わたしはなんだったのだろう。豊かさを自慢できる相手として適任だったのか。それとも、藍のいうように、張り合うためのライバルと見ていたのか。

そのいずれかだったとしても、いま由愛香はなぜか資金繰りに詰まり、かつてのように業績を自負することができなくなった。それでたちまち、わたしという存在が疎ましく思えるようになった。そういうことだろうか。

友情がなかったというのなら、わたしはなぜこんなにショックを受けているのだろう。彼女が頼りにしてくれなかったこと、あからさまな嫌悪をしめしたことに、動揺し傷ついている自分。それをどうとらえたらいいのだろう。

何時間考えあぐねても、答えは見つからなかった。

ヘッドライトの光が路上に走った。鏡張りに見えるほどの光沢を放つ銀いろの巨大なセダンが、ガヤルドのわきを通過した。ロールスロイス、それも新型のファンタムがマンションの前に滑りこんでいく。

照らしだされたエントランスに、由愛香が姿を見せていた。

由愛香は派手《はで》なパーティードレスを着ている。手にしたハンドバッグからハイヒールにいたるまで、その装いには一分の隙もない。身につけた高価なアクセサリー類の宝石が、きらきらと輝きを放っているのがこの距離からもわかる。

まだ資産のすべてを手放したわけではなさそうだ。しかしこれも、この迎えを受けるために必要な道具立てだったと考えられる。高級マンションと、パーティーに必要な装い一式。なにもかも投げだしてでも、それらはつなぎとめておかねばならなかったのだろう。

運転手は、制服を着た見知らぬ男だった。車外に降り立ち、後部座席のドアを開ける。

乗りこむ由愛香の表情はこわばっていた。

ほどなく、運転手が車内に戻り、ロールスロイスは発進した。

美由紀はガヤルドのエンジンをかけた。尾行に気づかれないよう、あるていどの距離を置いてから発進させる。

この時刻からパーティーか。富裕層とのつきあいの深い由愛香なら珍しくもないが、どうしても出席せねばならない催しであるとするのなら、ホストは誰だろう。

六本木ヒルズ森タワーと張り合うように、ミッドタウンタワーが東京の夜空にそびえ立つ。それらは、領土をめぐって争うふたつの国の城のようでもあった。都心部はさながら、城下町にすぎない。権力者の争いに翻弄《ほんろう》され、右往左往する人々。わたしもそのひとりかもしれないと美由紀は思った。

やがて、ロールスロイスは元麻布《もとあざぶ》の高級住宅街へと入っていった。

狭く入り組んだ路地のつづくこの一帯を、車幅の広いロールスロイスは器用に抜けていく。美由紀はガヤルドを慎重に走らせた。一方通行が多く、その経路はきわめて複雑だ。

しばらくすると、住宅街のなかに突如として、巨大な洋館が現れた。

その瀟洒《しょうしゃ》な外壁は延々とつづき、迎賓館のような観音開きの門の付近には、シルクハットにタキシード姿の係員らが立っていて、ゲストの車両を歓迎している。乗りいれていくクルマはベントレーにアストン・マーティン、メルセデス・ベンツ、そしてロールスロイス。超高級車ばかりだった。

由愛香の乗ったロールスロイスが、門のところでしばし停車した。由愛香がサイドウィンドウを下げてなにか紙片のようなものを手渡すと、すぐに係員が微笑とともになかを指し示した。ロールスロイスは門のなかに消えていった。

美由紀は高級車の列の最後尾につけて、ようすをうかがった。

　ほどなく係員が近づいてきて、会釈をした。

　それなりのクルマだけに、まだ疑いをかけられてはいないようだった。美由紀はウィンドウをさげていった。「こんばんは」

　係員が告げてきた。「帯著請帖《タイチャチンティエ》 嗎《マ》？」

　一瞬、言葉に詰まった。中国語だ。

　ただし、空白にいた美由紀は周辺国の言葉なら習得していた。招待状をお持ちですか、とたずねている。

　さっきロールスロイスで入ったのがわたしの友達だと主張してみるか。招待状も彼女が持っている、そう言えば通してもらえるかもしれない。

　美由紀はいった。「我的《ウオタ》朋友先《ポンヨウシエン》 進入了《チンルーラ》。她捧著請帖《ターポンチャチンティエ》」

　係員は困惑したようすで後ろを振りかえった。

　そこにいた男を見た瞬間、美由紀は身をこわばらせた。

　あのサングラスの男だ。正装姿で、門のわきにたたずんでいる。

　係員が目で男になにかをたずねている。男は無表情のまま首を横に振った。

　残念そうな顔で係員がいう。今度は日本語だった。「申しわけありません。招待状がないと……」

「いいのよ。ありがとう」美由紀は微笑んでみせてから、クルマをバックさせた。

サングラスの男がじっとこちらを見つめている。その視線を美由紀は感じていた。

わたしがきょうの昼間、由愛香と一緒にマルジョレーヌにいた女だと気づいただろうか。

それでも彼はわたしを部外者だと見抜き、係員にも日本語での対応を指示した。

よほどのメンバーシップが必要とされるパーティーらしい。なにを目的としたものだろう。

美由紀はカーナビの画面をちらと見やった。

港区元麻布三丁目、中国大使館の広大な敷地が表示されていた。

タワー

翌朝九時、美由紀は文京区本郷《ほんごう》の臨床心理士会事務局に出勤した。

雑居ビルの三階でエレベーターを降りると、すぐに事務局のフロアだ。病院の待合室のように長椅子が連なる部屋にでる。ミッドタウンタワーのような広大なロビーはない。都内のビルといってもさまざまだ。

髭面《ひげづら》で小太りのスーツ姿、おなじみの外見の舎利弗《しゃりほつ》浩輔《こうすけ》が声をかけてきた。「やあ、おはよう。美由紀」

「おはようございます。ゆうべもここに泊まりこみだったの?」

「まあね。医学書を読んでたら面白くなってきちゃって……。知ってたかい、鼻の右の穴に生えている鼻毛を抜くと、かならず右目から涙がでるんだよ。左の鼻毛なら左目。蝶形《ちょうがた》口蓋《こうがい》神経節が左右それぞれにあって、局所的な刺激では片側のみの反射が起きるからなんだよ」

「へえ……。まあ、そのう、興味深いですね」

「だろ？　今度の論文でもっと掘りさげてみようと思うんだ」

美由紀はひそかにため息をついた。舎利弗は三十代後半、すでにベテランの域に達している臨床心理士だというのに、わたしの社交辞令に気づくようすさえない。うわべだけの作り笑いは、最も簡単に見抜ける感情だというのに。

「舎利弗先生。きょうは外の仕事ないの？　論文もいいけど、臨床の現場はもっと実になることに満ちていると思うけど」

「いやぁ、僕はここの留守番で充分だよ。知ってのとおり、人と会うのは苦手だからさ。美由紀はニンテンドーDS、持ってる？」

「いえ……」

「通信やると面白いよ。今度ソフト貸してあげるからさ……」

そのとき、奥の事務室の扉が開いて、顔見知りが姿を現した。

 向こうも美由紀に気づき、満面の笑みを浮かべた。又吉光春ははしゃいだ声で駆け寄ってきた。「岬先生！　いろいろご尽力いただきありがとうございました。おかげで精神病患者扱いを受けずに済みそうです」

「又吉さん……。ここにおいでだったんですか」

「ええ。徳永先生に呼ばれましてね。いやあ、心の健全さが証明されるというのは気分がいいものですねぇ。だいたい、国税局の人間というのはどうかしてますよ。意に沿わなかったら人格障害にしてしまおうなんて。連中こそ、いちど頭を診てもらったほうが……」

扉からでてきた国税局査察部の小平隆が、苦い顔で咳《せき》ばらいした。

「あなたの妄想と思いこんだのはわれわれの落ち度でした」と小平はいった。「ただし、その映画プロデューサーを装った男から受け取った金については、とりあえず一時所得として申告していただきますよ」

又吉の顔がこわばった。「い、一時所得……?」

「そうです。報酬等支払いということになるし、あなたの場合はご自身の経費もかかっておられないから、半分ぐらいは税金として納めていただくことになるが……」

「半分⁉ 千八百万円のうち、九百万? 嘘でしょ、そんなの」

「あいにく、私は本当のことしか口にしないのでね。岬先生も私が本気だと証明してくださるでしょう」

尋ねるような顔で又吉が美由紀を見つめてきた。

小平の表情を観察するまでもなく、税率のことは知っている。美由紀はうなずいた。

「そんな」又吉は頭を抱えた。「九百万が税金だなんて。もう使っちまって無いよ……。

ローンも山ほど残ってるし……。頭がくらくらしてきた」

舎利弗が又吉にいった。「それは大変だな。カウンセリング受けたら？」

美由紀はこの場の混乱状態から逃れたかった。たしかめるべきは、彼らがなぜ今朝ここに呼びだされたかだ。

事務室のほうに足を運んだ。戸口から室内を覗《のぞ》きこむと、徳永と話しこんでいる岩国警部補の姿が見えた。

「おはようございます、警部補」と美由紀は告げて入室した。

「ああ、どうも。岬先生」岩国は硬い顔のままだった。「いま、又吉さんと国税局の小平さんへの説明を終えて、徳永先生に最後の確認をしてもらっていたところです。ミッドタウンタワーの三十一階には、たしかに不法侵入がありました。又吉さんの証言は、ほぼ事実と見て間違いないでしょう」

徳永は信じられないというように首を横に振った。「まったく、ありえないことだよ……。あれがすべて妄想でなく事実だったなんてね。暗証番号を手に入れたいばかりに、大金を投じて人をだますなんて。常識じゃ考えられない」

美由紀は岩国を見つめた。「すると、昨晩も不法侵入があったわけですね？　犯人は取り押さえたんですか？」

「まあ、それについてなんですが……。ゆうべ、刑事五人で張りこむことになって、三十一階のモリスンのオフィスに潜みました。むろんモリスン側の許可をもらってのことでしたがね。あなたのいったとおり、男が三人ほど、台車に乗った馬鹿でかい望遠鏡を運びこんできました。奴らが窓辺にそれを設置しようとしたとき、明かりをつけて確保しようとしたんです。時刻は、午前零時を少しまわったころでした」

「……それで？　男たちを逮捕したんでしょう？」

「いえ……。残念ながら、それは不可能でして」

「どうして？　現行犯なのに……」

「連中は大使館の外交官だったんです。中国のね。外交特権で不逮捕特権ってやつを持ってる。現認しておきながら、こっちは手も足もでないありさまで」

「そんな……。彼らがなにを企《たくら》んでいたのかもわからずじまいってこと？」

「取り調べることもできなかったのでね。その場で無罪放免ですよ。いちおう上に報告しましたが、領事関係に関するウィーン条約が存在している以上、どうにもなりません」

「でも中国大使館に抗議するぐらいは……」

岩国は首を横に振った。「いいですか、岬先生。あの一帯は全世界の縮図みたいなものです。ミッドタウンタワーを中心にして半径一・五キロ圏内に、四十もの大使館があるんです。互いの動向を探りあおうと目を光らせあっている。そして、旧防衛庁の跡地にいきなり三百メートル弱の超高層ビルが建ったんです。どの大使館もその高さから見張られることなど想定していなかったから、庭先は丸見えでね。当然、他国の大使館か領事館を監視するのにミッドタウンタワーはうってつけと、こういうわけです」

「それで、複雑な国際問題に首を突っこむことになりそうだから、放任すべきだと……」

「上の判断はそうです。われわれとしても従わざるをえません」

岩国は心底悔しそうにしていた。無理もないと美由紀は思った。これほど理不尽な法律がまかり通っていること自体、この世のふしぎにほかならない。

美由紀はつぶやいた。「当然、中国大使館を家宅捜索するのも不可能でしょうね」

「もちろん。公館は不可侵ですから」

「望遠鏡を運びこんだのは、どんな人たちだったの？」

「私と同じぐらいの年齢で、張《チャン》とか遼《リャン》とか呼びあってました。外交官とは名ばかり、監視や工作活動のために本国から調達した人員に決まってますよ」

「その人たちがどこを監視していたか、わからない？」

「元麻布あたりにレンズが向けられていたことはわかったんですが、正確には……。われわれが連中を取り押さえようとした寸前、望遠鏡の向きを変えましてね」

元麻布。

昨晩の出来事が美由紀の脳裏をかすめた。由愛香が入っていった中国大使館。住所は元麻布三丁目……。

自国の大使館を監視していたというのだろうか。それとも、目的はほかにあったのか。

徳永が岩国にきいた。「刑事さんたちが闇に身を潜めていたとき、その外交官らは望遠鏡を設置して、なにかの監視に入ったんでしょう？　ヒントになる会話とか、聞かなかったんですか？」

「会話といっても、中国語だったので……。ああ、遼なる男が望遠鏡を覗きながら、携帯電話に数字を告げてました」

「数字？」と美由紀は岩国を見た。「どんな？」

「イー・リウ・アール・リウとか、イー・バー・ジー・ウーとか。ほかにもいろいろありましたが、ぜんぶイー、つまり一から始まる四ケタでしたよ」

1626に1875。なにかの暗号に違いない。

美由紀はふいにひとつの可能性に気づいた。

もしそうなら、由愛香をほうってはおけない。彼女が資産を失いつつあるのは、すべて何者かが意図したことに違いないからだ。

テレスコープ・フォールプレイ

正午すぎに、美由紀は東京ミッドタウンのガーデンテラス、マルジョレーヌに向かった。きょうは内装業者たちの姿はなかった。代わりに、作りかけの店内には藍がいた。カウンター・テーブルに座って、由愛香と談笑している。

藍の声が響き渡っていた。「えー。連れてってくれてもいいじゃん」

美由紀が入っていくと、由愛香の表情は曇った。藍のほうは対照的に、満面の笑みを浮かべた。

「あ、美由紀さん」藍ははしゃいだ声でいった。「聞いてよ。由愛香さんってゆうべもパーティーだったんだって。それにきょうも。でも独りで行くんだって。ぜったい嘘だよね。パートナーがいるに決まってんじゃん」

気まずそうに視線を逸《そ》らす由愛香を、美由紀はじっと見つめた。

「藍」美由紀はつぶやいた。「悪いけど、ちょっと外してくれる?」

「え……。いいけど」藍は戸惑いがちに席を立った。「外のベンチにいるね」

藍が立ち去っていくのを見届けてから、美由紀は由愛香にいった。「昨晩、中国大使館にいたわね」

由愛香は面食らった顔をした。「どうしてそれを……」

「ねえ、由愛香。着飾って、ロールスロイスのお迎えが来て、大使館に入っていくなんて。連日のパーティーって、いったいなにを目的としたものなの？」

「尾行したの？　物好きね」と由愛香は軽蔑《けいべつ》したようなまなざしで見かえしてきた。「わたしみたいな立場になると、つきあいも多いのよ。中華料理店も代々木《よよぎ》に一軒持ってるし」

「中華は関係ないでしょ。……いいわ。話す気がないのなら、わたしから指摘してあげる。ギャンブルに熱をあげるなんて、経営者としては失格よ」

ふいに由愛香は顔をひきつらせた。

「な、なにをいってるの？」由愛香はこわばった笑いを浮かべた。「ギャンブルなんて……。馬鹿馬鹿しい。わたしがお巡《まわ》りさんのお世話になるようなことをすると思う？」

「たしかに賭博《とばく》は刑法一八五条と一八六条で禁止されているけど、大使館のなかは別でしょ。大規模なカジノ・パーティーが催されていても、治外法権が障壁になって日本の警察は手がだせない。招待された日本人の富裕層が大使館のなかでギャンブルに興じても、海外旅行中にカジノで遊んだのと同じ扱いになり、捕まることはない。……どうしてそんなところに行ったりしたの？」

しばらく沈黙があった。開け放たれたエントランスの外、都心には珍しく鳥のさえずりが聞こえる。もの音はそれだけだった。

「招待があったのよ」と由愛香はぼそりとつぶやいた。「わたしのほかにも、いろんな人に招待状が送られてきたみたい。セレブっていう言い方は陳腐で嫌いだけど、富裕層の人たちがパーティーに招かれた。有名人とか、政治家も大勢いた。で、それがカジノ・パーティーだった。それだけのことよ。問題なんかないわ」

「ギャンブルに手をださなければね。でもあなたは……」

「ええ。……賭《か》けたわよ」

「由愛香。大使館があなたのようなお金持ちを招待した理由はただひとつ、合法的に日本円を稼ぐためよ。これは中国にとって重要な外貨獲得のチャンスになってる。治外法権と外交特権を隠れ蓑《みの》にした陰謀よ」

「そんなの……おおげさよ。わたしは一時的に負けがつづいたにすぎない。大儲《おおもう》けしている人もいるのよ？　先週だって、ＩＴ関連の若い社長が六千万も稼いだわ。ひと晩でね」

「六千万って……。そんな金額のやり取りが日常的におこなわれてるなんて、普通じゃないわ。東京はモナコのモンテカルロ区じゃないのよ」

「わたしにも運がめぐってきたところなの。昨晩はひさしぶりに勝ったわ。全体的にみれば、負けたぶんのいくらかを取り戻したにすぎないけど、まだまだこれからよ」

「……それ、何時ぐらいかわかる？」

「ツキはじめたのが？　さあね。夜中の十二時を過ぎたころじゃなかったかな。連戦連勝でテーブルがおおいに沸いたのよ」

美由紀は重い気分になった。

岩国警部補の言葉が頭のなかに響いた。奴らが窓辺にそれを設置しようとしたとき、明かりをつけて確保しようとしたんです。時刻は、午前零時を少しまわったころでした。

「由愛香。テレスコープ・フォールプレイって知ってる？」

「はあ？　なにそれ。また美由紀の知識のひけらかし？」

「十七世紀の初め、オランダの眼鏡職人が望遠鏡を発明した直後、ヨーロッパ全域で流行した賭博のイカサマのことよ。ポーカーなどのカードゲームで、相手の手札を協力者が遠方から望遠鏡で覗《のぞ》き見て、手旗信号で伝えてくるの。まだ望遠鏡が普及していなかったせいで、一時は絶対にばれないイカサマとして持てはやされた。その後、知識の広まりから下火になり、イアン・フレミングが小説に書いて発表したことから過去のものになった」

「それが何？　大使館にそんなことができるスペースなんかないのよ」

「すぐ近くには、でしょ？　あなたは窓ごしに、ミッドタウンタワーが見える風景を背にして座っているんじゃなくて？」

「……だとしたら、どうだっていうの？　タワーなんてずいぶん遠いわよ」

「技術が革新されれば、古いやり方がふたたび掘り起こされる。スーパー・リフレクティング・テレスコープが開発され販売されるようになった現在、かつてのテレスコープ・フォールプレイがまた実用的なイカサマになった。由愛香。どんなゲームをしてるか知らないけど、あなたの手の内はミッドタウンタワーの三十一階から覗かれて、胴元である大使館側に筒抜けになっていたのよ」

由愛香は愕然《がくぜん》とした面持ちで凍りついた。

「なんですって……。あれがぜんぶイカサマ……」

「午前零時すぎ、警察が三十一階で監視係を取り押さえたの。三人の男たちは全員、中国大使館の外交官だったそうよ。あなたにツキがめぐってきたというより、それ以降はイカサマが中断されて本来の勝負に戻ったというだけ」

「で、でも、監視してた人がいたとしても、手旗信号なんて見えるわけが……」

「当然よ。現代では無線ってものがあるでしょう。警部補の話だと、監視係は携帯電話でなんらかの数字を告げていたそうよ。その通話相手がまた大使館員で、暗号とか合図によってテーブルにいるディーラーに伝える。舞台が彼らの自由にできる大使館のなかである以上、どうとでもなるわよ」

由愛香の受けた衝撃はかなりのものらしかった。頭を抱えて、由愛香はうなだれた。

「あれがイカサマ……」由愛香はぶつぶつといった。「そんな馬鹿な。まさか……」

美由紀はいたたまれない気分になった。

「由愛香……。初めから話してくれてれば……」

ふいに由愛香は顔をあげた。憤りのこもった目で美由紀を見つめてくる。「初めから？　話を聞いたら、どうしてくれたっていうの。どうせ善人ぶって、そんなところへ行くなの一点張りでしょ。うんざりよ」

「……どうしたっていうの。ギャンブルが確率的に分の悪い勝負ってことは、よくわかってるでしょ？」

「馬鹿にしないでよ。理解できてるわよ、それぐらい。わたしね、あなたのそういうところが嫌いなの。絶対に言い返せない真っ当な理屈を持ちだしてきて、その意にそぐわないことは間違ってると糾弾してくる。こっちは黙りこむしかない」

「そんな……糾弾だなんて。そういうつもりで言ってるわけじゃ……」

「へえ、そう。よくわかってるわ、いつも正しい岬美由紀さん。欲望に負けた人を見下して楽しい？　世の中、理屈がすべてじゃないのよ。大使館に招かれて、パーティーに出席したことはある？　子供のころ、そういうパーティーを夢想したことはなかったの？」

「由愛香……」

「わたしにはあるわよ。今夜はパーティーとか言って、きれいに着飾って、馬車とか高級車で迎えられて、お城みたいな洋館に……。大人になって、本物のパーティーというのがどういう意図でおこなわれているか判ってからも、その夢想はなくならないものよ。取り引き相手のご機嫌を取るために、ホテルの広間を二時間ぐらい借り切って、レストランの残り物で飾られた立食パーティーを催す立場になってからも、わたしは夢に生きたかったの。ほんのひと晩でいいから、お姫様のように扱われてみたかったのよ。それのどこが悪いっていうの？」

「ひと晩では終わらなかったでしょ？　由愛香、あなたのことだから、パーティーに初めて出席した日からギャンブルに参加したとは思えない。何度か招かれるうちに、いちどぐらいはと手をだした……それがすべての始まりだったはず……」

「……ええ、そうね。始まりっていうか、終わりかもしれないけど。彼らがお金を巻きあげたがっていることぐらい、ちゃんと察しはついてたわよ。胴元が儲かるようにできているカジノっていう仕組みに、身銭を投じる必要がどこにあるのなんて、鼻で笑ったりしてた。でも……あの興奮っていうか、陶酔する感覚は、その場にいなければわからない。勝って、負けて、また勝って……繰り返すうちに、泥沼にはまってた。意識したときにはもう遅かった」

「お店の経営資金もつぎこんじゃったんでしょ？　ぜんぶ閉店して、クルマを売って、この内装も予算を削らなきゃいけないほどに……。お願いだから、もう二度といかないで。ギャンブルなんかしないって誓って」

「そんなの……無理よ」

「どうして？」

「今晩も行くのよ。裏でどんな動きがあったにせよ、わたしは勝ち始めたんだし。その望遠鏡での覗き見がなくなったいま、勝ちどきだろうしね」

「なにをいってるの、由愛香？　昨夜は望遠鏡の監視も中断したけど、今夜以降はまた彼らは別のフロアに侵入して、望遠鏡を設置するはずよ。逮捕される心配のない外交特権がある以上、彼らは永遠にこのイカサマを繰り返す。あなたは巻きあげられるだけ……」

「もういいのよ！」由愛香は怒鳴った。「もういいの。……失うものなんかない。取り返さなきゃいけない、それだけなの。だから、行くしかないのよ」

「失うものがないって……？」

「……貯蓄はとっくにゼロになって、借金がかさんでいるの。それも返済に追われてる。取り立てのなかでも最も性急なのが、明日を期限にしてる三千万でね。用意できなかったら、わたしに残された最後の財産が取りあげられることになってる。乃木坂に借りてるマンションと、このマルジョレーヌ。そのなかにある家財道具一式……」

美由紀は言葉を失った。

そこまで追い詰められていたなんて。由愛香は、負債をギャンブルに勝って補おうとして、連日のように大使館に繰りだし、結局はなにもかも失っていた。わたしが制止する間もなく。

「由愛香。……その三千万なら、わたしが立て替えて……」

「ふざけないでよ。なんであなたがわたしのために、そこまでしてくれるの？　不自然でしょ。恩着せがましい」

「そんなこと……。いまわたしにできることをしたいの。それだけなのよ」

「だから、なんでわたしに救いの手を差し伸べようとしているのか、冷静に考えてみてくれる？　あなたって、いつもそうなんじゃない？　困ってる人を助けるとか言いながら、自分が感謝されることを期待してる。みんながそれであなたを愛してくれるって？　冗談みたい。言ってるでしょ。わたしはあなたが嫌い」

「嫌いでもなんでも、この危機を乗り越えなきゃいけないでしょ。自己破産しても、ギャンブルが元でできた借金は救済措置の対象外で、帳消しにはならない。一生負債を背負って生きるつもりなの？　冷静によく考えて」

「三千万を立て替えてもらったところで、かろうじて明日がしのげるっていうだけよ。その翌日には別の取り立てがくるし、その翌日もそう。わたしの借金、いまどれぐらい膨れあがってるか想像もつかないでしょ？　美由紀の貯金すべてをはたいたって、到底わたしを助けることはできない。それぐらいの額ってことよ。さ、わかったらさっさと消えて。わたしのことに干渉しないでくれる？　友達ってわけじゃないんだし」

「……由愛香。それなら方法はひとつしかない。大使館のカジノ・パーティーにはわたしが同行する。向こうの不正を暴いて、由愛香のお金を取り戻す」

由愛香は嘲笑《ちょうしょう》に似た笑いを浮かべた。「気は確か？　治外法権で警察も手がだせないのに、向こうがすなおに非を認めるわけないでしょ？　美由紀の古巣の自衛隊でも引き連れていくの？　それこそ戦争になるんじゃない？」

「なら……気は進まないけど、ゲームに勝って取り戻すしかないわね」

「ほら。考え方はわたしと同じ。結局それしかないじゃない」

「わたしが一緒にいけば状況は変わるわ。わたしなら相手の感情を見抜ける。いつどのように合図を受け取っているかも……」

「もうたくさんよ！」由愛香は急に泣きだした。声を張りあげてわめき散らした。「なによ。また自慢が始まった。千里眼だって言いたいわけ？　そう呼ばれるのが迷惑だなんて言って、じつは楽しんでるんでしょ？　自分だけの能力が発揮できる場に乗りこんでいって、気に食わない人は打ちのめして、弱者を助けて感謝されて、さぞ気持ちがいいんでしょうね。あなたは本当にすごい人、わたしはそうじゃない。格下の友達つくって、威張り散らしてりゃ、そりゃ毎日ストレスもたまらないでしょうね。どう？　わたしになんて言ってほしいの？　助けて、美由紀……って？　お助けいただいたら一生感謝しますって、そう言ってほしい？　おあいにくさま。わたし、あなたに頭をさげるぐらいなら死んだほうがまし」

「……どうしてそこまでわたしを嫌うの？」

「どうしてって？　馬鹿ね。そもそもあなたとつきあってること自体、わたしにとっちゃ高級車を持ってるのと同じことだったの。クルマなんて走りゃいいけど、だからといって軽自動車じゃ世の中になめられるでしょ。岬美由紀と友人だってうそぶいて、ええ、ずいぶんと社交や取り引きで役に立ったわ。でも、本心ではあなたって人、嫌い。大嫌いよ。みんなにいつも感謝されて……非の打ちどころがなくて……本当に正しいことしか言わないから……だから嫌いよ……」

由愛香の声は、しだいに消え入りそうになるほど小さくなっていった。顔を真っ赤にして、幼児のように泣きじゃくっていた。

「……気は済んだ？」美由紀は静かにきいた。

しばしの沈黙のあと、由愛香はこくりとうなずいた。

「じゃ、出かける支度をして。マンションへは、わたしが送るわ」

静寂があった。

視線を逸《そ》らしたまま、由愛香は立ちあがった。エントランスに向かい、扉を閉める。

美由紀は、胸もとに突き刺さった言葉の棘《とげ》を無視した。

痛みなど感じなくていい。由愛香は、取り乱しているだけだ。彼女を助けられるのなら、わたしが傷ついたかどうかなど関係ない。

アイシンギョロ

夜になった。ダッシュボードの時計に表示された時刻は午後十時七分。

美由紀はガヤルドを旧テレビ朝日通りに走らせながら、助手席の由愛香にきいた。「大使館のカジノ・パーティーには、どんなギャンブルがあるの?」

ふたりのあいだに漂う暗い雰囲気とは対照的に、派手《はで》なパーティードレスで着飾った由愛香は、小声でつぶやくようにいった。「普通よ。ルーレットにバカラにダイス」

「で、由愛香はどんなゲームに参加してるの?」

「アイシンギョロ。日本語では愛新覚羅《あいしんかくら》」

「ああ……。聞いたことある。ギャンブルとしてはあまりの中毒性の高さに、中華民国の時代に国民党が禁じたとか」

「いまも台湾じゃご法度らしいんだけど、中国本土ではふつうにおこなわれてるの」

「どういうゲームなの?」

「清朝《しん》皇帝のカードが赤と青、それぞれ十二枚あって……」由愛香はうんざりしたように言葉を切り、それからぼそりと告げてきた。「行けばわかるわよ」

もっともな意見だった。美由紀は口をつぐまざるをえなかった。

元麻布の住宅街に入る。この一帯の迷宮のような路地は、やはり走りにくい。各国の大使館や一流ホテルが軒を連ねると思えば、昔ながらの民家や商店街が渾然《こんぜん》一体となって姿を現す。カーナビはそれらの小道も指示するが、とうていガヤルドの車幅で乗りいれることはできない。迂回《うかい》を余儀なくされる。

隠れ里のような一角を抜けると、中国大使館の古風な洋館が見えてきた。きょうもまた、門を出入りする高級車の列がある。パーティーは一日すら休むことなく催されているようだ。

近辺にはそこかしこに日本の警官が立っている。元麻布ではめずらしい光景ではないが、彼らも大使館の門番らに干渉する気配はない。

治外法権。それは恐ろしいほどの防御力を誇る見えない障壁だった。

クルマの列の最後尾につけて、美由紀はガヤルドを停車させた。行く手の門では、一台ずつ大使館員による入場者のチェックがおこなわれている。

美由紀は手鏡をだして、装いに不備がないかどうかたしかめた。フォーマルなワンピースのドレスを着るなんてひさしぶりだ。アクセサリー類もつけなれていない。

由愛香が咳《せき》ばらいした。「メイクや髪型はいいけどさ。そのパーティードレスなら靴はシルクとかエナメルとか、ドレスと共布にするべきでしょ。なんでヒールの低いベタ靴なの？　信じられない」

「このほうが歩きやすいし。っていうより走りやすくて、追いかけやすく逃げやすい。あらゆる状況を想定してのことよ」

「カジノで優雅に遊ぶ人が、そんなこと考えるわけないでしょ。足もとを見られた瞬間に怪しまれるわよ」

前のクルマが大使館の敷地に入っていった。門が近づいてくる。

「きた」由愛香がささやいた。「靴を見られないように注意してよ」

美由紀はウィンドウをさげた。「こんばんは」

昨夜とは違う門番が、微笑とともに近づいてきた。「こんばんは。ご招待状は？」

「あのう……」

そのとき、助手席の由愛香が封筒を差しだした。「これよ。もう何度も来てるから、招待状というより定期券のような扱いね」

門番は封筒を受け取り、すぐに会釈をした。「これはどうも、高遠由愛香様。お待ちしておりました。このお連れの方は……？」

「わたしの友達。岬美由紀」

「岬様ですか……？　ご招待状を送らせていただいてはおりませんよね？」

クルマに同乗してきても、門前払いを食らわされるのだろうか。美由紀は緊張に身を固くした。

ふいに、門番の肩越しに男の声が飛んだ。「你做著什麼《なにをしている》？」

つかつかと歩み寄ってきたのは、あの丸いサングラスの男だった。

男は門番を押しのけて、車内を覗《のぞ》きこんできた。まず美由紀を、それから由愛香をじっと見つめた。

由愛香がいった。「こんばんは、蔣世賓《チャンシーピン》さん」

しばし無表情だった男は、かすかに口もとをゆがめて日本語でいった。「今夜はまた、お早いお着きですね、由愛香様。お美しいお連れ様がご同行のようで」

「ええ。美由紀は招待状、持っていないんだけど。かまわないかしら」

「もちろんですとも。由愛香様のご紹介であるなら、何人《なんぴと》だろうと歓迎ですよ。はじめまして。美由紀様」

美由紀は腑《ふ》に落ちないものを感じた。

この蔣世賓は、昨晩もわたしを見たはずだ。それなのに、はじめましてと告げてきた。こちらが向こうを覚えているであろうことは、先刻承知だろうに。

サングラスで目を隠しているせいで、蔣世賓の本心は読みづらい。それでもうっすらと、眼輪筋の収縮がわかる。

つくり笑いではなく、本心から喜びを感じているようだ。なにゆえの笑いだろう。獲物がひとり増えたことに対して、だろうか。

だとするのなら、なめられたものだと美由紀は思った。わたしは彼らの術中に嵌《はま》ったりしない。

「奥へどうぞ」と蔣はいった。「どうぞ今宵《こよい》も、心ゆくまでお楽しみください」

美由紀はゆっくりとガヤルドを発進させた。

いよいよ門をくぐるときがきた。この先は異国。自分を守ってきたあらゆる権利は、剝《はく》奪《だつ》されたも同然だ。

大使館の本館ホールは、まさしく巨大にして絢爛《けんらん》豪華なカジノそのものと化していた。マカオのような俗っぽい猥雑《わいざつ》さはなく、もっと洗練された大人の社交場という雰囲気だ。モナコ公国のモンテカルロに近いが、そこを東洋人が埋め尽くした光景は、近代の上海にいくつも存在していた高級クラブのようでもあった。

ヨーロピアン・スタイルながら金箔《きんぱく》と漆芸に彩られた内装は、やはり中国特有の美的センスに思える。カジノ用の設備は簡易的なものではなく、実に本格的な仕様ばかりだった。ルーレットには人が群がり、カードテーブルはそこかしこにあり、ビリヤードやスロットマシンまでもが置いてある。大使館側の接客係はタキシードに蝶《ちょう》ネクタイ姿で、さながらカジノのディーラーのごとく振る舞っている。チャイナドレスの女性がカクテルグラスや軽食をトレイに載せて運んでいた。歓声やため息が断続的に聞こえてくる。賑《にぎ》やかさと静寂が同居する特異な場所。やはり日本国内とは思えなかった。

エンジいろの龍が柱に彫りこんであるのを見たとき、美由紀の歩は自然にとまった。

「どうかしたの?」と由愛香がきいてきた。

美由紀は天井を見あげた。まばゆいばかりに輝く水晶のシャンデリアがさがっている。

又吉という男の言葉を思いだした。でっかいシャンデリアはぶら下がってたよ。それから、柱に赤い龍が彫りこんであった……。

彼が撮影という名目で連れこまれたのはここか。やはりセットなどではなく、中国大使館のホールだったのだ。

すると、彼からミッドタウンタワー三十一階の暗証番号を聞きだしたのは、この大使館の組織ぐるみの計略ということか。

いよいよもって油断ならない状況だ。このカジノすべてがイカサマを背景に支えられている可能性がある。

黒服に通されたのは、ホールの一番奥にある部屋だった。

そこは扇状に横に伸びた空間で、いくつものカードテーブルが並んでいる。ゲームに興じている客の姿もあったが、バカラのテーブルとは違い、チェスの対極のように一対一が基本のようだ。そして、それらの客は全員が、全面ガラス張りの壁を背に向けている。

その窓の向こうに、美由紀の予想どおりの風景があった。ミッドタウンタワー。きらめくような赤坂のネオンとともに、そのガラスの塔がそびえ立っていた。

美由紀は由愛香に小声でささやいた。「いつものように座って。けっして背後を気にしちゃ駄目よ」

由愛香は意外そうにきいてきた。「え？　でも、後ろから監視されてるんでしょ？」

「気づいていることを悟られないで。素振りも普段どおりにして」

「だけど、それじゃ負けちゃうじゃない」

「心配しないで。尻尾《しっぽ》をつかむためだから……」

黒服が近づいてきたので、美由紀は口をつぐんだ。

由愛香が椅子に腰を下ろすと、そのわきにも椅子が用意された。美由紀の席ということらしい。

テーブルの上には、カードが並べてあった。

赤い縁取りで、清朝歴代皇帝十二人の肖像画が一枚ずつ、計十二枚のカードになっている。それと並んで、青い縁取りの同じ肖像画のカードがやはり十二枚置いてあった。

これが愛新覚羅……。

美由紀は由愛香にきいた。「ルールは？　どうやってやるの？」

そのとき、低い男の声が告げた。「私からご説明しましょう」

びくっとして辺りを見まわす。テーブルの周囲には、いつの間にか男たちが集まってきていた。

黒服たちのなかで声を発したのは、丸いサングラスの蔣世賓だった。蔣はいった。「その前に、まずご紹介させてください。特命全権大使、謝基偉《シェチーウエイ》です」

白髪に老眼鏡、どこか人のよさそうな初老の男が、礼装姿で進みでてきた。「謝です。このたびは、ようこそお越しくださいました」

初めてパーティーに出席した客に対するあいさつらしい。美由紀はあわてて立ちあがった。「いいえ。こちらこそ……」

「愛新覚羅はわが国の伝統的なゲームですよ。存分にお楽しみになってください。ああ、くれぐれも熱くなりすぎずに」

「……心得てます。謝大使も、ギャンブルをなさるんですか？」

「いやいや。私は、賭《か》け事で運を使い果たすのを怖がるたちでしてな。しかし、きょうのゲームのお世話は、しっかり務めさせていただきますよ」

「お世話……？」

蒋がいった。「謝基偉大使は、このテーブルの審判人を務めてくださいます」

「さよう」と謝はうなずいた。「公正を期するために、ゲームの途中でカードを並べなおす役割を、その場所で最も位の高い者とその家族が務めるのが慣わしでしてな。といっても、一枚ずつ回収したカードを間違いなくその順序で並べるという、それだけの役割にすぎないんだが……。いちおう、大使としての名誉にかけて、しっかりと務めさせていただきます」

美由紀は、横に並んだテーブルを見やった。たしかにゲーム中のテーブルには、謝基偉大使と同じようにひとりずつ、寄り添うように立つ女性の姿がある。年配の女性と、若い娘がいた。

「私の妻と娘ですよ」と謝はいった。「あの得点表の審判人の欄に謝基偉《シエチーウエイタ》的老婆《ラオポー》と書いてあるのを見て、言葉を失うお客様が多くてね。老婆というのは家内という意味なんですが、日本人には誤解されるようで。娘という字も、中国では既婚女性か母親を表すんです」

「ええ、そうですね」美由紀はうなずいた。「看病が診察の意味になったりとか、中国語との違いは複雑ですね」

「ほう。あなたはわが国のことにお詳しいようですな。中国にお越しになられたことは？」

「ええ。一度だけですが……」

テーブルの向こうに腰掛けた蔣が告げた。「それなら、これら清朝皇帝の名もご存じでしょうな？」

「……はい」美由紀は椅子に座りながらいった。「太祖ヌルハチ、太宗ホンタイジ、それから順治《じゅんち》帝、康熙《こうき》帝、雍正《ようせい》帝、乾隆《けんりゅう》帝、嘉慶《かけい》帝、道光《どうこう》帝、咸豊《かんぽう》帝、同治《どうち》帝、光緒《こうしょ》帝。そしてラストエンペラー溥儀《ふぎ》こと、宣統《せんとう》帝」

「そう。十二代。それぞれ赤と青の二種類ずつ、合計二十四枚が用いられます。中国政府が正式に発行している愛新覚羅用カードを使います。これらがそうですが、イカサマを禁止するために、ゲームごとに毎回、新しいカードを卸します」

蔣がぱちんと指を鳴らすと、黒服がテーブルの上のカードをすべて回収し、持ち去った。

代わって、真新しいビニールの包装が施されたカードケースが置かれた。

「このように」と蒋はケースを取りあげた。「政府の検印入りシールで封がしてあります。これを破って新しいカードを取りだし、ゲームを開始するのです。ここまではよろしいですね？」

「ええ」

「結構」蒋は言葉どおりにシールを破り、ケースからカードを取りだした。さっきと同じように、赤と青に分けて十二枚ずつのカードを並べる。「このゲームは基本的に一対一です。親と子が交互に入れ替わりながらゲームをする。まず親がどちらになるかを決めねばなりません。それには、赤と青の宣統帝のカードを使うのが決まりです」

ラストエンペラーのカードが赤と青、一枚ずつ取りあげられた。

「これら二枚を裏にして、まず私がシャッフルします。それから」蒋が二枚を裏向きに押しやってきた。「お客様にもシャッフルしていただきます。これをお互いに納得がいくまで繰り返します」

由愛香がそれら二枚を取りあげて、裏向きにシャッフルする。慣れた手つきだった。カードはまた蒋のほうに渡される。蒋が二枚を混ぜ、由愛香もそうする。しばらくそれがつづいた。

「さて」蒋は二枚をテーブルに裏向きに並べた。「どちらが赤かを当てたら親になります。私は、こちらかと」

蒋は左のカードを表にかえした。赤だった。

由愛香が不安げな顔を美由紀に向けてきた。

美由紀は、動揺しないでと目で訴えかけた。ここまではまだイカサマが介入できる余地はない。由愛香が裏向きに混ぜたカードを、背後から判別できるはずもない。

青いカード十二枚が由愛香に渡された。蒋は赤いカード十二枚を手にとった。

「ゲームは簡単です」蒋が告げた。「親が先攻、子が後攻です。まず親の私が、一枚のカードを選んで、テーブルの左端に置きます。私から見て左端ですがね」

一枚が裏向きに置かれた。

「このカードがなんであるかを推測し、子も自分から見て左端に、一枚のカードを裏向きに置くんです」

青いカードを持った由愛香が、そのなかから一枚を取り、テーブルに置いた。

「ここで」と蒋がいう。「子はチップを賭けることができます。当たっていると思えば多くの枚数を賭けられるし、自信がなければ賭けなくてもかまいません。親はそれに対し、同数のチップを賭けるか、降りるかしなければならないのです。このあたりは、ポーカーに似てます。そして……チップの賭けが終わったら、親だけがカードを表にします」

蒋はテーブルの上のカードを表にした。道光帝だった。

由愛香の顔がかすかに落胆のいろを漂わせたのを、美由紀は見てとった。彼女の推測は当たらなかったらしい。

「子のほうは、カードを表にする必要はありません。つづいて、親がまた裏向きにカードを一枚置きます。さっきのカードの右に置くんです。そして、子も一枚のカードを置く。チップを張って、それから親だけがカードを表向ける。……このように、親と子が交互に左端から順にカードを置いていくという、それだけのゲームです。ただ、親のカードは子のカードが置かれた直後に表に返されますから、子のほうは残りの親のカードがなんであるか、終盤が近づくにつれて推理しやすくなってくるんです。それで一発逆転を狙うもよし」

蒋と由愛香がカードを出しあっていく。蒋のカードが表向けられるたびに、由愛香が肩を落としているのがわかる。

互いに十二枚のカードを出し終わった。蒋の最後のカードが表向けられた。テーブル上は、蒋の赤いカードがすべて表向きに並び、由愛香の青いカードが全部裏向きに並んでいる。

謝大使が咳《せき》ばらいをした。「ここでようやく私の出番ですな。子のカードを左から一枚ずつ、慎重に回収して重ねていきます。そしてそれを、親のカードの列の下に、今度は右から順に表向きに配っていくんです。これで、いくつ一致したかがわかります」

美由紀はいった。「手間のかかる儀式ですね。最初から子が右から順に並べればいいのに」

「親と子がまったく同一の条件でゲームに臨むことが重要でしてね。左から順に並べるという行為も同じでなければ。ここでインチキがないように、私のような老齢の者が引っ張りだされて、責任を持っておこなえということですよ」

苦笑しながら謝は由愛香のカードをゆっくりと左から順に重ねて回収し、次にそれらを右から表向きに置いていった。

一連の動作は緩慢として、公明正大なものだった。カードの順序を入れ替えるなどの姑《こ》息《そく》な方法は、決しておこないうるはずがなかった。美由紀ほどの動体視力の持ち主でなくとも、不正がないことは一目瞭然《りょうぜん》にちがいない。

二列に並べられた赤と青のカード、一致しているのはわずか三箇所だけだった。

謝がいった。「三箇所だけです。これらに子が賭けたチップは、倍返しになって儲《もう》かるわけですが、それ以外の外れたところのチップは、親の総取りになります。いまが本当の勝負なら、由愛香さんの負けでしょうね」

美由紀は唸《うな》った。「ずいぶん子に不利なゲームですね」

蒋が首を横に振った。「そうでもありません。子の推測が六つ以上当たると、役がつきます。六つなら三倍、七つなら五倍、八つなら七倍……と、親は子に追い銭を払わねばならないんです。そして、十二枚ぜんぶ当たったら、『辛亥革命《しんがい》』という役がつきます。これは子が賭《か》けたチップの三十倍が親から支払われるという大逆転のチャンスです」

「そんなの、確率的にそう起きそうもないですね。子が親の手札を透視することでもできないかぎり」

その瞬間、美由紀は蒋の顔から目を放さなかった。一瞬の変化でもあれば見てとる、その腹づもりだった。

しかし蒋は表情をかすかにこわばらせただけで、はっきりとした感情を浮かべなかった。

「ごもっとも」と蒋は微笑した。「まあ、親と子は一ゲームごとに交代します。親のほうが有利でも、このシステムなら全体としては不公平ではないでしょう」

警戒されないよう、美由紀はテーブルの上に目を落とした。

肝が据わっている。たいしたポーカーフェイスだ。

今夜も従来どおり、ミッドタウンタワーを背にして客を座らせている。監視係が警察に捕まりそうになったことを知っているはずなのに、まったく同じイカサマをおこなうつもりだろうか。望遠鏡を別のフロアに設置すればだいじょうぶ、そう高をくくっているのだろうか。

だが、大使館側の意図はそうとばかりは限らない。きょうになって急にテーブルの配置を変えたのでは、警察の動きを知る客がいたとすればイカサマがあった証拠と勘付かれてしまう。それであえて同じ位置関係を貫いているとも考えられる。

あるいは、イカサマの存在に気づいている客なら、タワーに背を向けて座るのを嫌がるにちがいない。そう思って客を秤《はかり》にかけているのかもしれない。警察の手入れを受けた直後なのだ、その可能性も充分にありうる。

気の抜けない状況だった。あらゆるものを探りつつ、こちらが猜疑《さいぎ》心を抱いていることを勘繰られないようにせねばならない。

「では」蒋がテーブルの上で両手を広げた。「ゲームを開始したいと思いますが……。その前に由愛香様。チップを用意していただかなくてはなりません。失礼ですが、現金はお持ちで?」

由愛香が戸惑いがちに美由紀を見つめてきた。

美由紀はうなずいて、ハンドバッグを開けた。銀行から下ろしてきた札束を、テーブルの上に並べる。

四千万円。美由紀が預金していたほぼ全額だった。

「お友達のお金で?」と蔣がきいた。

「ええ」美由紀はいった。「あなたたちの大使館で、こんなに大勢の人たちが取り巻いている状況で、彼女ひとりじゃ不利でしょ。わたしが後見人になったの。スポンサーとしてね」

「面白い」蔣は笑った。まぎれもなく、喜びをたたえた笑いだった。「歓迎しますよ、岬美由紀様」

ギャンブル

ゲームは開始された。

美由紀は油断なく由愛香の対戦相手を見つめていた。

蔣世賓は引きさがり、代わって鄧崇禧《トンチョンシー》という大使館員がディーラーとして、由愛香の向かいに座った。

鄧という男は四十歳前後の鋭い目つきの男で、痩身《そうしん》の蔣とは対照的に、猪首《いくび》の鍛えられた体型をしている。頰がこけていることからも、無駄な贅肉《ぜいにく》はほとんどついていないようだ。自衛官にもこのタイプの男性は多くいた。中国人民軍くずれのチャイニーズ・マフィアという表現がしっくりくる、そんな男だった。

無駄口を叩《たた》かず、淡々とゲームに興じる姿。感情は表にださず、表情筋の動きさえ微妙な変化にとどめている。

おそらくはプロの賭博《とばく》師だろうと美由紀は思った。これほどまでに殺気を放つ男が大使館員、あるいは外交官であるはずがない。

ほかのテーブルに目を転じても、愛新覚羅で客の相手をしているのは鄧と似たり寄ったりのタイプばかりだ。

本国からギャンブラーたちを動員し、一分の隙もなくゲームをコントロールするつもりなのだろう。彼らの腕と、ミッドタウンタワーに潜む監視係からの連絡。このカジノに足を踏みいれた日本人は、まさしく四面楚歌《しめんそか》の状態にある。

それも、単純でだまされやすい者ばかりが客としてあしらわれているわけではない。隣のテーブルには、東大の名誉教授として知られる人物が座っていた。さらにその向こうでは、第二東京タワーを施工すると噂されている、大功《だいこう》建設グループの総裁の姿が見える。いずれもグラス片手ながら、真剣な顔で愛新覚羅に臨んでいた。

由愛香がふいにいった。「ああん……。また三枚どまりかぁ」

カードを表にかえした謝大使が肩をすくめた。「当たった三枚に張られたチップを除いて、親の勝ちは二十万五千二百元です」

テーブルのわきのホワイトボードに、勝敗表があった。そこに金額が書きこまれる。一元を十五円と単純に換算しただけでも、いまのワンゲームだけで三百万円が失われたことになる。身の毛もよだつほどの大金がやり取りされながら、人々はいたって冷静に見える。むろん、それも表層だけのことだ。由愛香が焦燥にとらわれていることを、美由紀は感じていた。

今晩もまた、由愛香は負けはじめている。やはり新しい監視の目が用意されていると考えるべきか。

美由紀はちらと、背後の窓の向こうに見えるミッドタウンタワーを眺めた。

そのとき、近くに立っている蔣がいった。「どうかされましたか、美由紀様」

「いえ。べつに」

「窓の外を気にかけておられるようですが。あの東京ミッドタウンのビルの窓から、由愛香様の手札を覗《のぞ》いている者がいるとでも？」

さしておかしさを感じてもいないような笑い声が、テーブルを囲む男たちから沸き起こった。

鄧も口もとを歪《ゆが》めている。

つくり笑いだと美由紀は思った。この場で本当に笑ったのは謝大使だけだ。おそらく、監視係の存在について知らないのは彼だけなのだろう。

謝は首を横に振りながらつぶやいた。「あんな遠くから手札を覗き見るなんて、よほど視力の強い人でしょうな」

ジョークのつもりだろう。美由紀はあえて蔣を挑発することにした。

「視力ね」と美由紀はいった。「高精度の望遠鏡なら可能かも」

一同はふいに静かになった。謝大使の顔だけに、ぼんやりとした笑いがとどまっている。

蔣が告げてきた。「望遠鏡で覗いている人間がいたとして、由愛香様の手札情報をわれわれにどう伝えますか。いにしえの手旗信号なんて方法は使えないでしょうからね。こちらも相当な視力を要求されますから」

また耳障りな笑いが辺りに響く。

美由紀はひとりごとのようにささやいた。「携帯電話かな。イー・リウ・アール・リウ。イー・バー・ジー・ウー……」

かすかに緊張を漂わせながら、蔣が真顔できいてきた。「なんです?」

「いえ。一六二六に一八七五と、あなたの国の言葉でいってみただけ……。一六二六年はホンタイジの即位年ですよね?　それと一八七五年は光緒帝の即位の年」

「ふうん。清朝の歴史にお詳しいんですな、美由紀様は。それがどうかなさいましたか?」

「即位年を使えば、どの皇帝のカードかを四ケタの数列で伝えることができるっていう……。ああ、どうでもいい想像でしたね。失礼」

「……美由紀様。このカジノ・パーティーは慈善事業であり、謝大使立ち会いのもと、全国人民代表大会に誓って公正を期しております。この大使館のなかはあなたにとって外国と同じ。あなたは中国に来た日本人ということです。わが国にも、威信や名誉を守る法律がありましてね。あなたがいまここにいる以上、その法律の適用範囲内となります。そこをどうかお忘れなく」

まわりくどいが、脅しに違いなかった。

中国大使館の行いにケチをつけるということは、中国政府に喧嘩《けんか》を売るのも同じことだ。根拠もなくイカサマ呼ばわりすれば名誉毀損《きそん》罪や侮辱罪に似た法律で裁かれることになるぞ、蔣はそう警告を発しているのだろう。

「なるほど、よくわかりました」美由紀は平然といった。「でも、手札の見方を、友人にアドバイスする自由はあるはずよね?」

由愛香がきいてきた。「見方って?」

「手札をテーブルに伏せて、ほんのわずかに浮かせてから、身体をかがめるようにして覗き見て。後ろにも他人の目があると想像して、あなただけで見るのよ」

「こう?」と由愛香は、いわれたとおりにした。

向かいの席の鄧が、咳《せき》ばらいをした。

いままで沈黙を守っていた鄧が、低い声で日本語を発した。「ルール違反ではないが、度を過ぎた警戒心はカジノの主催者に対し失礼になる。ほかの客にもだ。淑女であられるなら、モラルもお守りいただきたい」

「モラル……ね」美由紀は笑った。「あいにく、賭博が禁止されているわが国に、カジノでのモラルという概念はなくて。お国柄の違いじゃないかしら」

「そうかな」

「ええ、そうよ。中国では店員がお釣りを投げ返すのを失礼と思わないでしょ？　そういう価値観の違い」

ゲームがつづいた。由愛香が親をつとめた今回、子の鄧のほうは一枚しかカードを当てられなかった。

「やった！」由愛香が両手をあげてはしゃいだ。「美由紀のアドバイスが効いたみたい！……いえ、ただのジンクスかもしれないけど、やらないよりやったほうがいいわね」

またしても謝大使を除く全員が、一様に苦い顔を浮かべた。

と同時に、隣のテーブルでこちらを見ていた東大教授が、由愛香の真似をしてカードを伏せた状態で覗きみるという行為にでた。

それを見ていたほかのテーブルの客も追随しはじめた。客たちがテーブルすれすれに顔をうずめる、奇妙な光景が辺りにひろがった。

大功建設の総裁ひとりが背すじをしゃんと伸ばし、葉巻をふかしている。

「くだらんね」と総裁が吐き捨てた。「肩越しに覗く目を気にして、こそこそやるなんて、端《はな》っから勝負に負けとるよ。私は負け犬のように頭を垂れたりはせん」

その叱咤《しった》のようなひとことが静寂のなかに響きわたり、客たちはみな戸惑った面持ちになった。

ひとり由愛香だけは、遠慮なく美由紀のアドバイスに従う道を選んでいた。

鄧がたずねるような目を蒋に向ける。

蒋はふんと鼻を鳴らした。「まあ、仕方ないだろう。お好きになさってください、由愛香様。……どうも私も鄧も、女性には甘くなりがちでね。女性の身体は曲線を帯びているので、その心理作用もあるんでしょう」

「それって」美由紀はいった。「丸いものは視覚的に攻撃欲求を鎮める働きがあるっていう作用のことですか?」

「そう。曲線は愛されるよ。われわれのように尖《とが》った男どもは嫌われる運命にある。美由紀様はどうやら、心理学にも精通しておいでかな?」

「さあね……。少しかじった程度ですけど」

「ご謙遜《けんそん》を。美由紀様、心理テストには興味ありますかな？　あなたが福建《フーチエン》省生まれの中国人で、出稼ぎのため日本に来て中華街で女性店員を務めているとしましょう。その日の客は妻と子供を連れている、四十五歳の日本人男性でした。彼が紹興酒を頼むと、子供も飲みたいといいだした。父親は、十八歳になるまでは飲めないんだよといった。三十六歳の妻がそれを聞いて、飲酒は二十歳からよといった。さて、紹興酒を運んできた女性店員の年齢は何歳でしょうか」

「心理テストじゃないですね。答えは二十八。いまの話は冒頭で、わたしが女性店員だっていう仮定が提示されてる。よって、答えはわたしの年齢」

「ご名答。いや、これはたしかに心理テストなんですよ。……よい結果が得られました。ありがとう」

微笑を浮かべた蔣のサングラスを、美由紀はじっと見つめた。

わたしから年齢を聞きだすための罠《わな》だったのだろうか。いや、岬美由紀と名乗っている以上、あるていどの情報は開示されたも同然だ。いまさら年齢だけを探ろうとするはずもない。

なにがわかったというのだろう。あるいは、こちらの心理を揺さぶるブラフにすぎないのか。

美由紀は、大功建設の総裁のテーブルに動きがあることに気づいた。総裁はややあわてたようすで、部下らしき男に耳うちしている。部下はひどく困惑し、躊躇《ちゅうちょ》しているようだ。しかし総裁が語気を強めると、部下は部下は仕方がないというように、渋々テーブルを離れていった。

それを見送ってから、総裁はテーブルで頭を抱えた。

チップは全額、相手側に渡っている。総裁は負けたのだ。全額使い果たしてしまったのだろう。

またひとり、地獄を見た人間がいる。チップの山から察するに、損失は数十億円にのぼると思われた。いま立ち去っていった部下になにを命じたのだろう。

そのとき、由愛香が黄色い声をあげた。「きゃあ！　また勝った！」

カードを伏せた状態で選ぶようになってから、由愛香は連勝していた。

蔣の冷ややかな目が、サングラスを通してこちらを見つめる。その視線を感じた。

美由紀も蔣を見つめかえした。由愛香と鄧の勝負は代理戦争だ、本当の対峙《たいじ》は、わたしと彼のあいだにある。そう思った。

獲物か例外か

一時間ほどゲームがつづいてから、テーブルは小休止に入った。

蔣や鄧、謝大使らは、それぞれ好みの酒と軽食をオーダーしていた。由愛香も好物のジントニックをすすっている。

美由紀は、茶だけで済ませていた。クルマで来ているのだ。そうでなくても、いまアルコールを摂取する気にはなれない。

「それにしても」蔣がタバコをふかしながらいった。「今宵《こよい》の由愛香様のツキは素晴らしいものがありますね。さしずめ美由紀様は幸運の女神といったところでしょうか」

「まあね」と由愛香が上機嫌で告げた。「女神っていうより、千里眼だし」

一同に張り詰めた空気が漂った。

思わずあわてながら美由紀はいった。「由愛香……」

「ほう」鄧がじっと見つめてきた。「千里眼ね……」

蔣が煙を吐きだしながらつぶやく。「そういえば、そんなふうに呼ばれている臨床心理士の噂を聞いたことがありますな」

謝大使がきいてきた。「それがあなたで？」

当惑を覚えながら、美由紀は笑顔を取り繕った。「プライバシーに関わることなので……。お答えしかねます」

沈黙が降りてきた。由愛香も気まずそうに、無言で酒を飲みつづけていた。隠し通そうとしていたわけではないが、あまり相手を挑発するのはまずい。ゲームはまだ終わってはいないのだ。

そのとき、向こうのテーブルで、大功建設の総裁が部下から筒状のものを受けとっているのが目に入った。

その筒は、卒業証書をおさめるケースのように蓋《ふた》がついていて、なかに丸められた紙がおさまっていた。総裁はそれを取りだした。かなりのサイズで、テーブルいっぱいに広げられている。

図面のようだが、それが何なのかは美由紀の位置からはわからなかった。

「美由紀様」黒服が、チョコレートを載せた皿を差しだしてきた。「おひとついかがですか」

「いえ、結構……」

蒋がいった。「甘いものはお嫌いですかな、美由紀様。ひとつゲームをしてみませんか。この皿には十五個の黒いチョコレートと、一個のホワイトチョコがある。交互にチョコを取っていって、ホワイトチョコをとってしまったほうが負け。一回につき、とるチョコは三個以下とする」

「いくら賭《か》けるんですか？」

「いや、金品のやり取りは愛新覚羅のほうでやればいい。このゲームでは、負けた者にペナルティとして、自己紹介をしていただく。生い立ちから現在の職業まで、包み隠さずに」

それが美由紀への挑戦であることは明白だった。正体を明かせと言っているのだろう。

酒に酔ったようすの由愛香が手をあげた。「はい。わたしやるから。これ、取ればいいの？　一回に三個以下だって？　うーん、じゃ黒いのを一個」

美由紀は、その時点で由愛香の負けが確定したことに気づいていた。

蒋が黒チョコを二個をとった。由愛香も三個とる。蒋は一個。由愛香はまた三個。蒋もまた一個。由愛香も一個。

そして蒋が三個の黒チョコを取り、皿の上には一個の白いチョコだけが残された。

「あー！」由愛香は笑いながらのけぞった。「負けたー。しょうがないな。じゃ自己紹介するね。わたしは高遠由愛香、二十九歳。独身。出身は福井なんだけど、両親もただの田舎の人だし、ぱっとしなくてね。通った公立の小学校も田んぼの真ん中にあって、将来は安月給の地元就職が確定済み。先生たちもそういう人種だから、どうしようもないわね。だからわたし、そういう人たちが嫌いになってきて、ぜったい将来は独りで成功するって心にきめてたの。だから東京の大学を受験したし、上京してからも……」

美由紀は由愛香の言葉を聞いていなかった。おそらく、この場にいるほかの者たちも同様だろう。

蒋は美由紀から目を放さなかった。美由紀も蒋を見つめかえしていた。

「美由紀様」蒋が告げた。「勝負しませんか？」

「わたしが後攻ならやるけど、先攻ならやらない」

「ほう。どうして？」

「後攻がかならず勝てるから。残りの黒いチョコが十二個、八個、四個となるように取っていけば、最終的に白いチョコ一個だけを残すことができる。勝負するまでもなく、結果は初めから見えている」

由愛香が面食らった顔でいった。「そうなの⁉」

ふっと蒋が笑った。「お見事です、美由紀様。……お気づきになったカラクリを先に明かさず、ゲームでお勝ちになれば私の身の上を知ることができたものを」

「興味ないの。ここにもう、二度と来るつもりないから。今夜、由愛香があるていどの負債を取り戻したら、それで終わり」

「ふうん。……残念ですな。ぜひとも愛新覚羅をお試しいただきたかった」

唐突に、近くのテーブルでどよめきがあがった。

そのテーブルには大勢の見物人がついていた。大功建設の総裁と、大使館側のギャンブラー。一対一の愛新覚羅の勝負。すでに決着はついたようだった。

総裁は愕然《がくぜん》とした表情でいった。「そんな、まさか。ここへきて辛亥《しんがい》革命だなんて……」

辛亥革命。

子が親の置いたカードすべてを当てるという、数学的に限りなくゼロに等しい役。それが出たというのか。

ディーラーが、テーブルの端にあった図面を取りあげる。丸まっていた図面が広がった。

そこには複雑な構造の鉄塔らしきものが描きこまれていた。

美由紀は息を呑《の》んだ。

まさか、第二東京タワーか。まだ国内でも全貌《ぜんぼう》が明らかになっていない建設計画の詳細な図面。総裁はそれを担保にして勝負を挑み、しかも敗退したのだ。無一文になった者の狂気。賭博《とばく》は理性を失わせる。時の政府が禁じた愛新覚羅となればなおさらだった。

総裁は必死の形相で抵抗し、図面を奪われまいとしている。部下も加勢していた。黒服らと激しくもみあったが、最終的にディーラーが図面を手にいれた。

そのディーラーが蒋に近づいてきて、なにかを耳うちした。蒋も何事かささやきかえした。ディーラーはうなずいて、立ち去っていった。

蒋は美由紀を見て告げた。「なにもかも失ったお客様には、お引き取り願う。致し方のないことです。このカジノ・パーティーの収益はわが国の福祉のために使われる、いわば慈善事業なのですが、ギャンブルに負けた者を救済する意図はないのでね」

黒服らに連れだされていく大功建設総裁の姿を見ながら、美由紀は寒気を覚えた。

まさしく崖《がけ》っぷちだ。じわじわ追い詰められた挙句、奈落《ならく》の底に突き落とされる。

わたしたちは獲物と見なされているのか。それとも、唯一の例外となりうるだろうか。

本心

勝負が再開される前に、美由紀はカウンターに向かった。いつの間にか汗をかいている せいで、水分が不足しがちだ。スポーツドリンクに近いものをオーダーできるだろうか。

そのとき、カウンターの近くにいた正装姿の男が目にとまった。

彼が何者であるかを悟ったとき、美由紀は衝撃を受けた。

「板村さん⁉」

はっとしたようすの板村久蔵が、こちらを見た。

表情には、あきらかに怯《おび》えのいろが浮かんでいる。体裁の悪さを感じ、腰も退《ひ》けていた。

美由紀にも、かつての上官と再会した喜びなどなかった。彼はいまやお尋ね者だ。航空祭からカウアディス攻撃ヘリを奪った。機体の行方は、依然として判明していない。

「ここでいったいなにを？」美由紀は油断なくきいた。

「なにって……ギャンブルさ。きみもこのパーティーに招かれたのか？」

「……板村さん。もし招待状があなたのもとに来たのなら、賭《か》けごとに手をださないで。ここは危険よ。お金だけじゃなくて、ゲストが職業上知りえている機密事項さえも担保にしてチップを借りさせ、それを巻きあげる段取りが……」

ふと美由紀は気になり、口をつぐんだ。

板村の額に無数の汗が浮かびあがっている。視線も落ち着かない。表情に不安が表れている。

直感とともに、美由紀はきいた。「まさか……もう被害に遭ったの？　……あのヘリの奪取は……」

「仕方なかったんだ」板村は声をひそめていった。「最初は軽い気持ちで手をだした。家族のために、生活費の足しになると思って……。だが、負け越してしまった。全財産をはたいて、借金もかさんでる」

「それで向こうから持ちかけられたの？　操縦の腕を生かして、航空祭から最新鋭ヘリを盗めって……」

「ほかに方法がなかったんだよ」板村は悲痛な表情で訴えてきた。「彼らはヘリを借りるだけだといってた。性能を分析して、また返すつもりだと……」

「そんな約束、反古《ほご》にされるにきまってるでしょう」

「ああ……。私が馬鹿だったよ。こんなことになるなんて、予想もしていなかった……」

「板村さん。ヘリはいまどこに……」

だが、ふいに黒服たちが割って入ってきた。板村は彼らに囲まれ、美由紀のもとから引き離された。

「待って」

美由紀は追おうとした。が、その目の前に蔣が立ちふさがった。

「そろそろ勝負再開の時間です」蔣は無表情にいった。「あなたがいなくても、由愛香様はゲームを始めると思いますが、よろしいのですか？」

じれったさを嚙《か》み締めながら、美由紀は蔣の肩越しに遠くを見やった。

板村の姿はもう見えない。彼は、蔣の一味の手のなかにあるのか。

人質になっているのなら、救出したい。けれども、ここで騒ぎを起こすことはできない。治外法権下では、いかなる訴えも退けられてしまう。

「……わかった」美由紀はつぶやいた。「テーブルに戻るわ」

重苦しい気分とともに、美由紀は歩きだした。

板村がここにいた。彼も目をつけられ、身ぐるみ剝《は》がれてしまっていた。フランスの攻撃ヘリを奪取し、譲渡するに至るなんて。

なにがそこまでゲストをギャンブルに駆り立てるのだろう。どうして追い詰められる前に罠《わな》だと気づき、逃れる道を選ぼうとしないのだろう。

由愛香の勝負は一進一退だったが、それはつまり今夜に限っては大使館側のイカサマが効果をあげていないことを意味していた。カードを伏せたまま、タワーから見られないようにわずかに持ちあげて見るという単純な方法で、勝敗を五分五分に持ちこむことができた。

ただしそれは、美由紀の手の内すべてをばらすという代償を伴った。これで彼らは、昨晩のミッドタウンタワー三十一階の警察による待ち伏せと、今晩の美由紀の登場に因果関係があることに気づいた。

新しいイカサマが用意されるのでは、と美由紀は気が気ではなかったが、午前二時を過ぎたあたりから、由愛香は妙につきはじめた。

親として子の失敗につけこむかたちで儲《もう》けて、四時すぎには目的だった三千万円をほぼ丸ごと取り戻すことができた。

午前五時、パーティーはお開きになった。

誰もが無言のまま、疲れた顔で退散していく。客も、謝大使も、蔣も、鄧も。

唯一の例外は由愛香だった。

美由紀の運転するガヤルドの助手席で、由愛香は興奮ぎみに甲高い声で喋《しゃべ》りつづけていた。「いやー、きょうはほんとにうまくいった。がんがん勝ち始めてさ。やったね！　はい、これ、美由紀に借りたぶん。あと三千五百万ぐらい勝ちが残ってるし」

由愛香が無造作にダッシュボードの上に札束を投げだした。輪ゴムでとめられた一千万円の札束が四つ。前が見えなくなった。美由紀はあわててそれらをグローブボックスのなかに放りこんだ。

夜はしらじらと明け始めている。都心の朝は早い。もう通勤の人々が歩道にちらほらと見える。業者がコンビニエンス・ストアに商品を搬入していた。駅前に連なるタクシーの列も動きだしている。

一瞬も油断せずに警戒心を働かせていたせいもあって、美由紀の疲労はピークに達していた。

そんな美由紀のようすなどまるで意に介さないらしく、由愛香はまくしたてていた。

「やっぱりさ、そのタワーからの監視ってのがあったかどうかはわからないけど、慎重にやれば勝てるもんだよねぇ。三十八局めでさ、わたしが親になったとき、右から三番めに道光帝《どうこう》か乾隆帝《けんりゅう》のどちらを置こうか、迷ったんだよね。あの鄧ってやつ、やたらと乾隆帝狙いで来るからさ。で、道光帝にしておいて正解。あいつ、五十三万元もチップ賭けて当てに来て、みごとに外れてやがんの！　いやー気分いいわ。この調子ならもっと……」

「だめよ」美由紀はぴしゃりといった。「きょう取り戻した三千万で、ひとまずは凌《しの》げるんでしょ？　マルジョレーヌを閉店せずに、返済を迫られてるぶんを返せるんでしょ？　もう充分じゃない。二度とカジノ・パーティーには行かないと誓って」

「……そりゃ、きょうは乗りきれるけどさ。また新しい取り立てが来るし……」

「いいの。そこから先は、真っ当な仕事で得た収入を返済にあてるのよ。ギャンブルで取り戻そうなんて思わないで。きょうは、向こうがわざと勝たせてくれたんだから」

「わざと？」

「あなたが稼いだのは親のときばかりだったでしょ？　子として親のカードを当てることができたわけじゃなかった。つまり、向こうが子のときに、故意に多額のチップを賭けて外してくれたのよ」

「あいつが外したのは、タワーからの覗《のぞ》き見ができなくなったからじゃないの？」

「もちろんそうだけど、それならチップを張る前に降りることもできるわけだし、賭けるにしても小額に留《とど》めておくこともできたはずよ。あの鄧って人は間違いなく、手馴《てな》れたギャンブラーなんだわ。胴元の指示どおりに負けてみせた。あなたに、きょうの目的額のぶんだけ勝たせて、無事に帰させた。これは、わたしたちがイカサマを見破ったことに対する、彼らの口止め料と考えたほうがいいわ。口外せず、二度と姿をみせずにいてくれれば、この三千万は黙って進呈しよう。彼らはそんな無言の圧力をかけてきたのよ」

「そんな。考えすぎじゃないの？　あいつらヤクザじゃないんだしさ。立派な政府筋の外交官なんだし……」

「でも、すべてを中国政府の指示でおこなっているかどうかは疑問よ。こんなイカサマ、発覚したら国際問題になるし、人民代表大会公認だなんてとても思えない。謝大使も、イカサマについては関知していないみたいだった」

「じゃあ何？　あのサングラスかけた蔣って人たちが、本国に無断で勝手にカジノ・パーティーを主催しているってこと？」

「かもね。福祉目的の慈善事業だなんて大嘘。カジノの収益は一部のみを送金し、あとは蔣らの懐におさまる。彼らはそうやって巨額の日本円を稼ぐほかに、大功建設の総裁から第二東京タワーらしき図面を担保がわりに納めさせ、それを巻きあげたりしていた。客側には企業のトップや政治家も大勢いたでしょ？　さんざん熱くさせたあげく、身ぐるみ剝いで、企業秘密や政府の機密情報を賭けさせる。蔣がどんな役職か知らないけど、それらの情報を中国政府に売っていることはたしかだと思う。日本からすれば、重大な損失よ」

「大げさね。たかがゲームなのに」

美由紀は急ブレーキを踏んだ。

由愛香が前のめりになった。停止した車内で、由愛香が驚いたようすで身を起こす。

「大げさじゃないわ」と美由紀はいった。「由愛香。あのカジノ・パーティーはこの国に深刻な打撃を与えつつある。ひいては国力の減退につながるのよ。彼らをこれ以上、儲けさせちゃいけない。もう二度と、あんな世界に関わらないで」

「美由紀。……わたしはね……」

「あなたが何を考えているかはわかる。いつも必死で頑張ってきたし、人生をギャンブルみたいなものだと捉《とら》えて、勝負を挑み、勝ちをおさめてきたわね。でも、あなたが仕事の業績を伸ばすことができたのは、ほかならぬあなたの努力と能力の賜物《たまもの》なのよ。決してツキなんかじゃないの。運試しだなんて軽い気持ちでギャンブルを始めたんだろうけど、もうわかったでしょ。待ってるのは地獄でしかない」

「けどさ……あなたがイカサマを見破ってくれたんだから、これからは公平な勝負が……」

「そんなの、期待できない。現にきょうも、タワーからの監視の目はあったんだし。ねえ、由愛香。あなたは経営者だし、数字には強いはずでしょ？　よく考えてみて。ポーカーの役はワンペアかノーペアに終わる確率が九十七パーセント。ツーペア以上になると滅多《めった》に出るはずもない。それなのに、役だけはとんでもなく希少な確率の組みあわせがいくつも設定されてる。ロイヤルフラッシュなんて六十五万分の一よ。どうしてだと思う？　それは、カードゲームが運や確率だけで勝負されないことが前提になっているから。ありえないような役も、イカサマによって成立させられることが日常茶飯事だからよ。愛新覚羅もそうなの。六つ以上当てることなんて限りなく不可能に近いはずなのに、役が存在している。すでにきな臭い、権謀術数がうごめく世界なのよ」

「……わかった。美由紀。もう行かない」

「ほんと？　本当に二度とギャンブルをしない？」

「ええ。約束する。……今晩は、本当にありがとう。助けてくれて」

由愛香はそう告げると、ドアを開けにかかった。

美由紀はいった。「乃木坂のマンションまでは、まだ距離が……」

「いいの。歩くから。ひさしぶりに朝の散歩をしたい気分。じゃ、またね」

「ええ……。気をつけてね。おやすみなさい」

車外に降り立った由愛香がドアを閉め、歩き去っていく。

その背を見送りながら、美由紀は複雑な思いにとらわれていた。

友達を信じることができない自分が恨めしい。感情が読めなければ、わたしは由愛香の言葉を受けいれられただろう。それが友情の証《あかし》だからだ。

でもいまのわたしは、猜疑《さいぎ》心を募らせている。由愛香は本心を語っていなかった。眼輪筋の収縮しない空虚な笑み、左右がわずかに非対称になった表情筋。この状況下には、いずれも彼女がわたしに反感を抱いていることの表れだった。

由愛香が美由紀の意に沿わないことはあきらかだった。それでも、これ以上の説得は難しい。由愛香は、反発を強めるだけだ。

わたしはどうすればいいのだろう。美由紀は静かにその思いを噛《か》みしめた。

パズル

その日の昼、美由紀は東京ミッドタウンに向かった。きょうはマルジョレーヌには立ち寄らない。タワーにこそ用がある。

大功建設の総裁は、すべてのカードを当てられてしまう『辛亥革命《しんがい》』で敗退した。あんな役が成立するはずがない。

タワーからの監視の目は存続している。三十一階以外に場所を移して。

三十一階のモリスンの窓には、電磁波をはね返すウィンドウフィルムが貼ってあったが、それは望遠鏡による監視とは無関係だった。大使館が見えさえすれば、どのフロアにも監視は移せる。いまはどのフロアだろう。

ロビーに入ると、美由紀はオフィスフロアの会社名一覧が表記してある看板の前に立ち、それをカメラ付き携帯電話で撮影した。これで、どういう会社がどのフロアに入っているかわかる。

それから、エレベーターホール前の受付カウンターに近づいた。

「こんにちは」と受付嬢が応対した。「どの会社に御用でしょうか?」

「それがね、まだわからないの」

「え?」

「社員じゃなくて、ここに出入りしている業者さんだと思うんだけど、うちの店でツケを払っていない人がいてね。ようは、取り立てにきたってことだけど」

「……あいにく、こちらではタワー内の企業への取り次ぎしかできませんので……」

「そこをなんとかお願い。飲食店のツケって、一年で時効になっちゃうの。きょうがその日なのよ」

「まあ。それはお気の毒に……。そのう、どんな業者かわかりますか?」

「詳しい職業はわからないんだけど、このところ急に羽振りがよくなった人なの。郵便集配室にも又吉さんって人がいるでしょ?」

「ああ、あの人……。ほんと、パート同然の立場なのに重役専用の駐車場に高級車停めてるって、噂になってましたわ。どうしてあんなに儲《もう》かるのかって」

「そう。けれど、わたしが用があるのは又吉さんじゃなくて、彼と同じぐらい儲かってる業者さんなの」

「……ひょっとして、布川大輔《ふかわだいすけ》さん？　タクシー運転手で、いつもハイヤーをまわしてくる……」

「ああ、そうかも。よくクルマの話してたし」

「ハイヤーで迎えに来たときに、このエレベーターからどこかの会社に入っていって、社長か重役に声をかけてますわね。でも、どの会社の担当かしら。月ごとに担当箇所が変わるみたいだから、いまはどこを受け持っているのかわからないけど……」

「布川さんがどこに勤務しているのかはわかります？」

「ええ」受付嬢はパソコンのキーを叩《たた》いた。「……足立《あだち》区の黒木《くろき》タクシーですわね。取り立てなら、そちらに行かれるのがいいですよ」

「わかりました。どうもありがとう」

美由紀は踵《きびす》をかえしながら、額ににじみだしていた汗をぬぐった。

嘘は苦手だ。自分が相手の嘘を見破ることができるぶんだけ、相手にも同じことが可能ではないかと、いつもひやひやさせられる。

黒木タクシーは西新井大師《にしあらいだいし》の裏にある、小さな会社だった。古びたプレハブの事務所に屋根なしの駐車場、ハイヤーやタクシーの車両数もごくわずかだ。

美由紀が事務所を訪ねると、受付には誰もいなかった。開け放たれた奥のドアから、麻《マー》雀牌《ジャンぱい》を混ぜあわせる音が聞こえてくる。

昼間から仕事そっちのけで麻雀とは呆《あき》れる。

美由紀はその戸口を入っていった。

雑然とした部屋だ。タバコの煙がもうもうとたちこめている。ジャケットを脱いで椅子の背にかけた運転手たちが、ネクタイを緩めて雀卓を囲んでいた。

意識せずとも、美由紀の目は室内の情報を素早く取りこんでいた。ジャケットの胸にネームプレートがついている。西山、柳田、日比野、村雲の四人。いずれも中年から初老の男性だった。

「すみません」と美由紀が声をかけた。

日比野が顔をあげた。「ああ、配車？　ちょっと待って」

「いえ……。布川さんに会いに来たんですけど」

「布川？　あいつになんの用？」

「身内なんですけど、早急に伝えたいことがあって……」

柳田が笑いながらいった。「身内？　馬鹿を言いなさんな。あれは独身だし、身寄りはいないはずだよ」

「あ……ええと……身内といっても、わたしは知り合いの友人で……」

「出直してきなよ。なんでも布川のやつ、妙に稼げるようになってから、いろんな女に声をかけられるようになったとか言ってたからな。あんたもそのクチだろ？　あいつの財布を狙ってるのなら、もっとうまく近づきな」

西山が口笛を吹いた。「あいかわらずだねえ、布川は。なんでも、客が指定した行き先に、何千円以内で行ってやるよと約束するらしいぜ？　金のあるやつは仕事も道楽半分だな」

男たちはにやにやしていたが、内心布川に対する嫉妬《しっと》が渦巻いているのはあきらかだった。いつの間にか収入を増やしている同僚に、ふだんから羨望《せんぼう》を抱いているのだろう。

やはりわたしは嘘がへただ、美由紀はそう思った。たちどころに見抜かれてしまった。

しかし、ここで引き下がるわけにもいかない。

「本当に知り合いなんだけど。みなさんの噂もよく聞いてるし」

「噂？」西山は眉《まゆ》をひそめた。「どんな噂だ」

「よく麻雀をしてるとか……」

村雲が苦笑した。「そりゃ見たまんまだろ」

「いいえ。みなさんと勝負したときのことを語ってたわよ」

「ほんとかよ？　じゃ、俺らの順位とか知ってるはずだよな？　いつも勝つ奴は勝って、負ける奴は負けてばかりなんだが」

「え……？」

西山が村雲を指差した。「いつも優勝すんのはこいつでな。二番は日比野と相場がきまってる」

「へっ」柳田が口もとを歪《ゆが》めて西山を見た。「俺はおまえよりは勝ってるよ」

日比野はタバコを吹かしながら、麻雀牌を雀卓に叩きつけた。「俺ぁ万年最下位でな」

「ポン」と村雲が声をあげた。「トップはいつもおまえだろうが。俺はいつも二番に甘んじる羽目になる」

四人の男たちはそういって顔を見合わせ、下品な笑い声をあげた。

わたしをからかっているつもりなのだろう、と美由紀は思った。

表情から察するに、全員が嘘をついている。一瞬たりとも真実を語った形跡がない。すなわち、彼らの口にしたことにはひとつも本当のことが含まれていない。

美由紀は素早く思考を働かせ、消去法で順位を割りだしていった。日比野は一位、二位、最下位は除外され、三位ということになる。ほかのメンバーも、おのずから順位が確定していく。

あえて冷たい口調で美由紀はいった。「いい加減なことばかりいう人たちね。布川さんもそう言ってたわ。麻雀でよく勝つのは西山さんで、次が柳田さん、その次が日比野さん、村雲さんは負け越してるでしょ。この順位はほぼいつも不動って布川さんに聞いたわ」

ふいに男たちはぎょっとした。

「な、なんだよ」と柳田が苦い顔でつぶやいた。「ほんとに布川さんの知り合いか」

日比野も面食らったようすでいった。「っていうか、つきあってるのかい？　あんたみたいな美人が、あんな成金と……」

「失礼なことばかり聞かないでよ。いまどこにいるのか、さっさと教えてくれる？」

新たなフロア

北千住駅《きたせんじゅ》のロータリー前に連なるタクシーの列に、黒木タクシーの車両は一台だけあった。

五十歳前後の小柄で人のよさそうな男が、クルマから降りて別の運転手と談笑している。あれが布川大輔にちがいなかった。

美由紀はそっとその車両に忍び寄った。このあたりのロータリーは狭く、突っ切っていく歩行者も多いため、多少変わった行動をとっても、あまり不審がられることはなさそうだ。

前部のタイヤに近づき、エアーバルブをひねった。シューと小さな音がして、空気が抜けていく。

しばらくそのまま放置して、バルブを締めなおした。空気の流出はおさまった。タイヤがわずかに楕円《だえん》形に変形したのがわかる。

立ちあがったとき、ちょうど布川が美由紀の存在に気づいたらしく、怪訝《けげん》な顔でこちらを見ていた。「なにか？」

「あ……。東京ミッドタウンまでお願いします」

「はいよ」と布川は運転席に乗りこんだ。

タイヤの空気を抜いたのは、ばれていないようだ。

開いた後部ドアから、美由紀は座席に乗った。ほどなくクルマは走りだした。

美由紀は助手席側のダッシュボードに立てられた運転手の顔写真と名前をたしかめた。

布川大輔。間違いなかった。

「あのう」美由紀は話しかけた。「料金はどれくらいかかるでしょうか？」

「そうだねえ。三千円もみておけば充分じゃない？」

「へえ。もっとかかると思ったんですけど……」

「いつも走りなれている道だからね。お客さんはべっぴんさんだから、確約してあげるよ。三千円以内に到着してみせるからね」

副業で儲《もう》かっているからだろう、ずいぶん余裕の発言だった。実際、東京ミッドタウンにハイヤーを飛ばしている経験から、金額の算出はたしかなのだろう。

ステアリングにかけた布川の手首に、ロレックスの腕時計が光っていた。

多額の報酬。それは、ミッドタウンタワーの特定のフロアに出入りする暗証番号と引き換えに得たものに違いない。又吉のときと同じく、本人はその秘密の番号を他者に明かしたとは思っていないのだろうが。

道は渋滞も少なく、クルマは快調に飛ばしていった。

ところが、麻布十番《あざぶじゅうばん》のあたりで料金メーターはすでに三千円を越してしまった。

布川は愚痴っぽくつぶやいた。「お金を気にするのなら、大江戸《おおえど》線を使うという手もあるんだよ。知らなかった？」

「ええ」と美由紀はしらばっくれた。

タクシーはホイールの回転数で料金があがる仕組みだ。空気を抜けばそれだけ回転数があがってメーターも早くあがる。

美由紀がこっそりとそんな工作を働いたのは、悪戯《いたずら》が目的ではなかった。

いま布川は、三千円以下で走ると確約した手前、体裁の悪さを感じている。負い目のある人間のほうがすなおになるものだ。美由紀は布川がそういう心理状態になるよう、画策したのだった。

「運転手さん」美由紀は愛想よくいった。「道、お詳しいですね。こんなところを抜けられるなんて……」

「まあ……ね。東京ミッドタウンにはいつもハイヤーで行ってるから」

「へえ。ハイヤーで？　誰か有名人を迎えに行くとか？」

「いや、有名人じゃないね。今月はずっと、ヘロドトスって金融会社の専務の送迎を担当してるんだよ」

　美由紀は手もとのカメラ付き携帯電話を操作し、さっきミッドタウンタワーで撮影した社名一覧を見た。

　ヘロドトス。三十六階だ。蔣の一味はそのフロアの暗証番号を手にいれ、昨晩から監視用望遠鏡の設置場所に選んだに違いない。

「ふうん」と美由紀は、さも関心ありそうにいった。「ハイヤーかぁ。お金持ちの乗り物ですね」

「そうだけどね……。あんな金融会社、やり方は汚いし、いずれ潰《つぶ》れるよ。本当の金持ちは、富をひけらかしたりしないものさ」

「本当のお金持ち？」

「ああ」布川の声は自慢げな響きを帯びていた。「言っても信じてくれないかもしれないけどね。私はこう見えても、俳優デビューしてるんだ。それもハリウッド映画のだよ」

OH6J

午後に入って、美由紀は一日の仕事の遅れを取り戻すために奔走した。目黒区の小学校にスクールカウンセリングに赴き、それが終わってから都立中央病院へ、そして臨床心理士会に戻って来週の精神科医師会との会合について説明を受けた。

本来の仕事に従事することは、徹夜明けの疲れをむしろ吹き飛ばし、好調さを取り戻すのにひと役買った。日没のころには、美由紀は昨晩味わった緊張をほぼ忘れることができていた。

それでも、ガヤルドを運転して帰路に着く途中、乃木坂付近に迫ると、由愛香のことがまた気になりだした。クルマを由愛香のマンションに差し向ける。

由愛香がアルファ8cコンペティツィオーネを売ったあと、空いている彼女の駐車スペースにガヤルドを滑りこませて、美由紀はマンションのエントランスに向かおうとした。

そのとき、隣に停まっていたジャガーに乗ろうとしていた若い男が声をかけてきた。

「ちょっと。ここはマンションの住人が契約してる駐車スペースですよ」

「……すみません。わたし、高遠由愛香の友達なんです」

「ああ、そうでしたか。五〇二号室の高遠さんに会いに来たんですか？　彼女、さっき出かけたみたいだけど」

不安がよぎる。美由紀はきいた。「外出したんですか？」

「ええ。僕が仕事から帰ったとき、廊下ですれ違ったんで……。着飾って、これからパーティーだって言ってましたよ。ロールスロイスが迎えに来るとかで……」

頭を殴られたような衝撃が美由紀を襲った。

「そ、それ、いつごろですか？」

「ええと。一時間ほど前かな」

美由紀はあわててガヤルドに乗りこんだ。エンジンをかけて、クルマを発進させる。

乃木坂から元麻布方面に走らせながら、美由紀はステアリングのボタンを操作して、持ちこんだ携帯電話をリモート操作した。ダッシュボードに電話帳が表示される。一覧から、木更津《きさらづ》飛行場を選びだした。

迷いが生じた。木更津飛行場とは日米安全保障条約上の施設名称で、陸上自衛隊の木更津駐屯地を指す。

ほとんど反射的に、援助を求めてこの番号にかけようとした。だが、自衛隊を辞めた立場で、しかもほとんどプライベートな問題に対し、非公式な頼みを現役隊員に申し入れていいものかどうか。

いや、これが国家の非常時であることに変わりはない。今夜もまた、大使館のカジノ・パーティーで日本の財産となる貴重な情報が担保とされ、中国政府の手にわたる可能性もある。日本円の流出も防がねばならない。

意を決してボタンを押した。ブルートゥースで無線接続され、ハンズフリーが構成される。呼び出し音がスピーカーから響き渡った。

やがて応答する声がした。「木更津駐屯地です」

「元航空自衛隊、二等空尉の岬美由紀です。第一ヘリコプター団の熊井恭介《くまいきようすけ》二等陸尉がおられましたら、お取り次ぎ願います」

「お待ちください」

美由紀は外苑《がいえん》西通りを南下する道を選んだが、行く手は渋滞していた。苛立《いらだ》ちが募る。時は一刻を争う。こうしているあいだにも、由愛香はどんどん窮地に立たされていく。

「熊井です」耳に馴染《なじ》みのある男性の声が応じた。「美由紀か?」

「そうよ、熊井君。おひさしぶり」

「本当かよ、美由紀！　防衛大以来だな」

「ええ。卒業式の日に、久留米《くるめ》の幹部候補生学校に入るって聞かされて以来ね。でも第一ヘリコプター団にいるってことは知ってたわ」

「なんだよ。それならいつでも連絡してくれればいいのに。噂はよく聞いてるぜ？　辞めてからも無茶ばかりだってな」

「そうかもね。いまもよからぬ頼みをしようとしてるし……」

「おっと」熊井は声をひそめた。「今度はなにを企《たくら》んでるんだ？　こないだも航空自衛隊の伊吹を振り回したりしたんだろ？」

「人聞きの悪い……。非常時だから仕方なかったの」

電話の向こうで豪快な笑い声が聞こえた。「それで、俺にはなんの用だ？　まさか対戦車用にAH1Sコブラを一機調達しろっていうんじゃないだろうな」

「悪くないわね」

「おいおい、美由紀……」

「冗談よ。たしか木更津には訓練用のOH6Jがあったわよね？」

「ああ、整備が終わってるやつが格納庫にあるはずだ」

「飛ばしてくれない？　いますぐに」

「簡単に言ってくれるな……。まあ、若いのを連れだして抜き打ちの夜間訓練をするって言えば許可も下りるかもしれないが、まだ約束はできないぞ。理由も聞いてないしな」

「あとで話すわ。緊急事態とだけは言っておく」

「……しょうがないな。昔から言いだしたら聞かない女だ」

「そうよ」

「じゃ、手をまわしてみるから待っててくれ。あとで連絡する」

「ありがとう、熊井君。またあとで」

電話が切れた。美由紀は深いため息をついた。

破滅への道を歩むつもりなの、由愛香。美由紀はつぶやく自分の声をきいた。

カジノへの帰還

雨が降りだしたせいで、夜の都心の一般道はいっそう混みだした。

やっとのことで中国大使館前に着いたとき、美由紀はガヤルドの運転席で困惑を覚えた。目の前ではいつものように、門番による入場者のチェックがおこなわれている。連なる高級車に、招待状の提示が求められている。

きょう、わたしはひとりだ。招待状は持ってはいない。服装もカジュアルなものだった。

ところが、美由紀の番がきたとき、タキシード姿の男はうやうやしく頭をさげた。「こんばんは、岬美由紀様。お待ちしておりました」

面食らいながらも美由紀はきいた。「由愛香は来てるの？」

「はい。今晩もお早い時間からおいでになりまして」

心音が耳に響いてくるようだった。美由紀はアクセルをふかし、ガヤルドを大使館のなかに乗りいれていった。

きょうもカジノ・パーティーは盛況だった。本館ホールは、すでに本場マカオのカジノすら凌駕《りょうが》した印象すら漂っている。富裕層とおぼしき招待客も数を増やしているようだった。

美由紀はそんな会場を突っ切り、奥の窓ぎわの部屋に急いだ。

愛新覚羅のテーブル。今晩もミッドタウンタワーを一望できる窓辺に用意されていた。由愛香がいた。ゲーム中ではなかったが、テーブルについて突っ伏している。グラスは空になっていた。そして、傍らに積みあげられているはずのチップの山もなくなっていた。

「由愛香」と美由紀は声をかけた。

しばらく間があった。由愛香はゆっくりと身体を起こし、顔をあげた。

「ああ」由愛香は酔っ払い特有のぼんやりとした顔で応じた。「美由紀、か。遅かったわね」

「なに言ってるの？　もうここへは来ないって約束したはずでしょ」

「約束だなんて……。美由紀、わたしの本心なんて、とっくに見抜いてたでしょ？　口ではそう言ってても、内心は違うものなの。承知のうえでそんなふうに言うなんてね。ずるいったらありゃしない」

「ねえ、由愛香……。あなたはまだ返済に追われる身でしょ。きのう取り戻した三千万円を返したら、残金はほとんど残っていなかったはずよ。そのなけなしのお金をギャンブルに充てようなんて、ふつう考えないわよ」

「三千万……。ああ、そうか。きょう返さなきゃいけなかったんだっけ……」

「ちょっと……。どういうこと？　返済したんじゃなかったの？」

「返済はぁ……してない。っていうか、三千万を返したって、すぐまた別の取り立てが来るし……。だからいまのうちに、手持ちのお金、増やしとこうかなって……」

「なんてことを。まさかきのうの勝ち分をぜんぶ賭《か》けたの？　それで負けて失ったってこと？」

「っていうか……。ま、そうだね。そういう状況ってこと」

「由愛香。いったい何をしてるのよ。きょう返さなかったらマルジョレーヌも閉店しなきゃいけないって……」

「うるさいっての！」いきなり由愛香は大声を張りあげた。

周りのテーブルの客たちがこちらを振りかえる。

「ったく」由愛香は空のグラスを煽《あお》った。酒がなくなっていると気づいたらしく、近くの黒服に呼びかける。「ジントニック、もう一杯」

「駄目よ。もう飲んじゃいけない。家に帰るのよ」

「嫌よ。やだってば!」由愛香は泣きだした。「勝たなきゃ……。お金、取り戻さなきゃ……」

「だけど、もう全額失ってしまったんでしょ?」

「美由紀……助けてよ。もう一回でいいからさ。きのうみたいに助けて……」

思わず言葉を失い、押し黙るしかない。そんな自分がいた。

憤りよりも、情けなさで悲しくなる。仕事であれだけの手腕を発揮していた由愛香が、こんなふうに転落していくなんて。

そのとき、男の声が飛んだ。「無一文になったお客様にはお引き取り願っております。が、彼女は聞き分けがなくてね」

油断なく美由紀は振りかえった。丸いサングラスをかけた蒋世賓がそこにいた。

「ひどい人ね」美由紀は怒りをこめていった。「由愛香がこうなるとわかってて追いこんだんでしょ? 彼女が追い詰められた立場であることを知りながら、身ぐるみ剝《は》ぐまでゲームをつづけるなんて」

「勝負は由愛香様が望んだことです。お客様の要望には応《こた》えるのが、私どもの使命でして」

美由紀はホワイトボードの勝敗表を見やった。

最初から由愛香は多額のチップを賭けている。第三局ですでに二千万円を失い、それから小額の勝負に転じたが、負けがつづいてさらに一千万、第十局を終わるころには昨晩の純利益だった五百万も失って手持ちの金を無くした。

なぜかその後、三百万円ぶんのチップを借り受けて、もうひと勝負している。しかし、それも敗退したようだった。

疑問に思って、美由紀は由愛香にきいた。「全財産を失ったのに、なにを担保にしてチップを借りたの？」

蒋が咳《せき》ばらいをした。「いかがですか、美由紀様。由愛香様の損失を取り戻してあげる意志はございませんか？」

「……わたしは、こんなふざけた勝負なんか……」

ところが、由愛香がふいにすがりついてきた。「お願い、美由紀。やってよ。千里眼でしょ」

「由愛香……」

「お願いだってば」由愛香は大粒の涙を流しながら、震える声で訴えてきた。「わたし、このままじゃ生きてられない……。友達だと思って助けてよ。あなたの千里眼で辛亥《しんがい》革命をだして。一発逆転してよ。お願いよ。お願い……」

由愛香が抱きついてきたせいで、美由紀はふらつき、ハンドバッグを取り落とした。中身が床に散らばった。

「ああ、ごめんなさい、美由紀。ごめんなさい……」由愛香はあわてたように床に這《は》って、それらを掻《か》き集めた。

「いいのよ、由愛香」

「駄目。わたしがちゃんと戻すから。ほんとにごめんなさい」

美由紀はただ呆然《ぼうぜん》と、由愛香を見おろしていた。

人はこんなふうに壊れていくものなのだろうか。そしてわたしも、行きずりのように同じ運命を辿《たど》ってしまうのだろうか。

大使館のなかは隅々まで豪華絢爛《けんらん》たる装飾が施されている。洗面所すらも例外ではなかった。

洗面台と姿見が設置してあるだけのその小部屋は、金箔《きんぱく》と漆芸に彩られていた。毎晩のようにあれだけの金を客から巻きあげていれば、こんな内装も容易に可能になるのかもしれない。

美由紀は鏡の前で目薬を取りだし、天井を仰いで点眼した。

今夜も観察眼を働かせることに全力を費やさねばならないなんて。まるで予想していなかった。

柱にもたれかかった由愛香が、床に目を落としながらつぶやいた。「ほんとにごめんね。美由紀……」

少しは酔いが覚めてきたのか、行いについて反省を口にしている。とはいえ、それは彼女の本心ではない。これで救われたと、ほっと胸を撫《な》でおろしている。内心そんな心境に違いなかった。

鏡のなかの美由紀は、目薬が頬をつたって涙を流しているように見える。

なぜか不吉な報《しら》せのように感じる自分がいた。蛇口をひねり、水で顔を洗う。タオルで拭《ぬぐ》ってから、ハンドバッグのなかのファンデーションを取りだす。

「ねえ、由愛香」美由紀は軽く化粧を施しながらきいた。「手札、ミッドタウンタワーから監視されないように注意した？」

「したわよ。……昨夜と同じく、テーブルに伏せたまま、カードの縁だけを持ちあげてちらっと表を確認したの。けど、きょうは駄目だった。それでもぜんぶ見抜かれてるみたいで……」

別のイカサマがあるのだろうか。いや、テーブルに仕掛けがあったようすはない。タワーからの監視であることは疑いの余地はない。

そこには非常策を講じた。わたしが勝負するためのものではない、由愛香が今晩もカジノ・パーティーに出かけたと聞いて、彼女を救うためにとった手段だ。けれども、それは間にあわなかった。

不本意だが、わたしがゲームに臨むしかない。

アイラインと口紅を引き終えると、美由紀はメイク用品をハンドバッグに仕舞いこんで、由愛香を振りかえった。「さ、行くわよ」

「ええ」由愛香は視線をさげたままだった。「心から申し訳なく思ってる……。美由紀」

その言葉がなぜか胸にひっかかった。

由愛香は罪悪感を覚えている。こんな状況になったのだ、それも当然のことだった。

ただ、いまの由愛香の表情は、そこになにか別の意味を含んでいるように思えてならなかった。

気のせいだ、と美由紀は思った。いまは戸惑っている場合ではない。勝負のことだけに集中すべきだ。

テリトリー

テーブルについた美由紀は、ゲーム中に身体をかがめたり、伏せた手札をこっそり覗《のぞ》き見る姿勢をとったりはしなかった。常にしゃんと背筋を伸ばし、カードを保持した。

それでも美由紀は、タワーから監視されることはないと判っていた。対策はすでに講じてある。

美由紀と鄧崇禧の対戦。第十五局を終えた時点で、美由紀の前に一千万円相当のチップが積みあげられていた。

連敗を喫した鄧の顔には焦燥のいろが浮かんでいた。ときおり額ににじみでる汗を、ハンカチでしきりに拭っている。

勝てる、と美由紀は思った。鄧は余裕をなくしてきているせいか、表情に感情が表れやすくなっていた。カードをだす順序にも、無意識のうちに偏りが生じているようだ。予測もしやすくなってきている。

審判人を務める特命全権大使、謝基偉が美由紀のカードを重ねて集め、慎重に逆方向から表向きに配っていく。

「五枚的中です」謝大使は笑顔を浮かべた。「あと一枚で役がつくところでしたな。美由紀様の二十一万六千元の勝ちです」

美由紀が連勝し、しかもその勝ち幅も大きくなっているにもかかわらず、テーブルの周りは沸かなかった。ただ重苦しい緊張感があるだけだった。

蔣も由愛香も、固唾《かたず》を飲んで勝負の行方を見守っているようすだった。美由紀も、一瞬たりとも隙を見せない覚悟だった。

対戦相手の鄧はいよいよ焦燥を募らせてきたらしく、ハンカチの動きもあわただしくなってきている。

そんな鄧の肩を、蔣がぽんと叩《たた》いた。

鄧はそれが、お役御免の合図だと悟ったらしい。少なからず落ちこんだようすで席を立った。

「美由紀様」蔣はサングラスの眉間《みけん》を指で押した。「ディーラーを交代させていただきたい」

「誰がやるの？　ひょっとしてあなたが？」

「いいえ。私はこのパーティー全体を取りしきる立場でしてね。新しいディーラーは、いまこちらに向かっております。そろそろ着くころでしょう。東京ミッドタウンからここまではそう遠くはないが、雨のせいか道路が混んでいるみたいでね」

「東京ミッドタウン？　次のディーラーはそんなところから？」

「ええ。タワーの三十六階にいるとか言ってましたな。なぜそんなところにいたのかは定かではないですが」

美由紀はじっと蒋を見つめた。蒋はとぼけた顔をするばかりだった。

むろん、嘘つき特有の表情が見てとれる。しかしそれは、彼が口にした言葉の最後の部分についてだけだった。

ミッドタウンタワー三十六階にいた人物が、こちらに向かっている。そして美由紀の対戦相手を務める。それらは事実に違いなかった。

三十六階。蒋のほうからそう告げてきた。監視係が潜んでいる場所をみずから口にした。いまさら隠していても意味はないと悟ったうえでのことだろう。

ぎりぎりの駆け引き。どこまで手の内を晒《さら》すべきか、細心の注意を払いながら相手を挑発する。カードのみならず、会話でも勝負は始まっていた。

「ああ」と蒋が声をあげた。「来たようです」

黒服たちを割ってテーブルに近づいてきたのは、これまでになく異様な雰囲気を漂わせた男だった。

小柄だが、巨漢に見えるふしぎな体型だ。頭部が小さいわりにがっしりとした身体つきのせいかもしれない。その動作もしなやかで、運動選手もしくは軍人のようだ。日焼けした顔に、褐色の虹彩《こうさい》の目。それでいて健康そうに感じられないのはどうしてだろう。まだ三十代の若さに思えるが、頭髪は白く染まっていた。

男は挨拶《あいさつ》もなく、向かいの椅子に腰を下ろした。

視線の動きが気になる。テーブルに目を走らせたときの眼球運動が、パイロット並みの速さに思えた。航空自衛隊にはこんな人種がごろごろしている。位置関係を素早く把握して動作するため、普通の人からするとまるで鳥のように落ち着きなく見える。

美由紀は空を離れてから、この癖を指摘されることもなくなった。逆に対戦相手にはそれが顕著だ。

「彼は魏炯明《ウェイチオンミン》」蔣が紹介した。「中国人民解放軍の出身でしてね。けさ本国から外交官として来日した」

「人民解放軍?」美由紀はきいた。「もしかして、空軍パイロット?」

「ほう。わかりますかな。やっぱり空を飛んだ仲となると共通するものを見いだすらしい」

魏がぴくりと頰の筋肉を痙攣《けいれん》させ、こちらを上目づかいに見た。

空を飛んだ仲。蔣はやはり、わたしの身の上を調べあげたらしい。

蔣は告げた。「魏は第十一強撃機師団、第三十一航空連隊にその人ありと知られた優秀なパイロットでね」

「というと」美由紀はいった。「四平《スーピン》基地ね。戦闘機乗り？」

ふいに魏は日本語で答えた。「殲《せん》8Cを任されることが多くてね」

「……ああ。ミグ29の中国語読みね」

「あなたはF15に乗っていたとか。女に戦闘機をまかせるとは、航空自衛隊もよほど人材が不足しているのかな」

挑発には乗らない。美由紀は苦笑してみせた。「航空機レースならいざ知らず、パイロットどうしでカードゲームなんてね。滑稽《こっけい》ね」

ふんと鼻を鳴らして蔣がいった。「操縦桿《かん》を握る人間は動体視力に優れていると聞きます。常人では見えないものも素早く見てとることができるとか」

それで監視係として引き抜いたわけか。由愛香が負けた理由がこれでわかった。伏せたカードをわずかに浮かせ、瞬時に覗き見たとしても、超音速で飛ぶ戦闘機のパイロットなら望遠鏡による監視で充分にカードの表を視認するだろう。

美由紀は魏を見据えた。「日本語、おじょうずですね」

「人民解放軍で教育を受けたのでね」

「動体視力と観察力を買われて呼ばれたんだから、ずっとミッドタウンタワーにいればいいのに」

「三十六階に留《とど》まっていても意味はない。ご存じのとおり、いくらパイロットでも障害物の向こうは見通せないので」

「障害物?」

「空中停止飛行《ホバーリング》しているヘリ。陸上自衛隊のOH6Jだな。いい位置にいる。三十六階から、ここの窓を結ぶ直線のあいだに入って、ぴくりとも動かない。空の事情に詳しい人間でないと思いつかない戦略だ。あなたの差し金かね?」

まわりくどい蒋と違い、魏は単刀直入にたずねてくる。

美由紀はとぼけてみせた。「さあ。わたし、もう自衛隊は辞めてるから」

「他国の利益を侵害するのは戦争行為に等しいよ。望遠鏡がロケットランチャーだったら撃ち落とすところだ」

「あいにくヘリが飛んでいる場所は日本の領土にほかならないと思うけど。危害を加えたら、そっちのほうが戦争行為よね」

「首都上空、それも二百メートルの低空が訓練空域とは知らなかった」

「第一ヘリコプター団には災害救助マニュアルに従って、いくつもの特例があるの。ある意味、これも人助けじゃない？」

「なるほど。面白い」魏は笑いもせずにいった。「偵察ヘリが妨害ヘリになるとはね。突拍子もないことを考える女だな、岬美由紀元二等空尉は」

「……そろそろゲームを始めたいんだけど」

「あわてないでもらいたい。あと七分三十秒もすれば開始するよ」

「七分半？　どうして？」

「OH6の航続可能距離は四百四十七キロ。木更津駐屯地からここまで飛んできて、あとはホバーリングするだけにしても、帰還に必要なだけの燃料は残しておかねばならない。あと七分少々でヘリは退散せざるをえなくなる。その後、最大速度の時速二百八十一キロで基地に戻り、給油してから同じ速度で戻ってきたとしても約三十分かかる。その三十分間は、心おきなくゲームが楽しめる」

タワーからの監視の目が復活するまで待つ。それが魏の主張だった。

美由紀にとって不運なことに、魏の計算はきわめて正確だった。

熊井二等陸尉の操縦するヘリはたしかにそれぐらいで帰路に着かざるをえなくなる。そして、ヘリは魏の席からは、窓の向こうに目視で確認できる。きわめて小さいが、パイロットならば夜間でもその機体を見逃すはずがない。OH6Jが飛び去ったことを確認して初めて、ゲームを開始するつもりだ。

謝大使はわけがわからないらしく、途方に暮れたようすでいった。「監視とかヘリとか、意味がまるでわからんのだが」

蔣が肩をすくめた。「お気になさらずに。日本人のジョークに、こちらも調子を合わせて会話をしているだけですから」

ジョークではない。すべては事実だ。少なくとも、魏が強敵となることは間違いない。

「では」魏がいった。「待っているあいだに親を決めよう」

新しい愛新覚羅カードが卸される。赤と青のラストエンペラー溥儀《ふぎ》のカードを伏せて、魏と美由紀が交互に混ぜ合わせた。

魏は美由紀に告げた。「どうぞ」

「こっちが赤ね」と美由紀はカードを取りあげた。

当たりだった。第一局は美由紀が親になった。

ふんと鼻を鳴らし、魏がいう。「高度な動体視力の持ち主がふたり顔を突き合わせていて、この親の決め方は意味がないな。二枚のカードをいくら混ぜても、その行方ぐらい目で追える」

謝は笑った。「規則なのでね」

と、魏が美由紀の肩越しに、窓の外を眺めながらつぶやいた。「そろそろ邪魔者がいなくなったようだ」

美由紀も振りかえった。点のように小さく見えるヘリが、タワーの前から移動していくのがわかる。

「唯一の援軍を失いましたな」蔣がいった。「手札をご覧になるのもひと苦労ですな、美由紀様」

「そうでもないわ。あなたがここに来た以上、いまの監視係はパイロットじゃないでしょ」

そういって美由紀は赤の十二枚のカードを取りあげると、シャッフルした。それを素早く指で弾《はじ》いて鳥瞰《ちょうかん》する。

普通の人間なら判別することのできない、一瞬の鳥瞰。だが美由紀の目はすべてを捉《とら》えた。

美由紀は告げた。「上から雍正《ようせい》帝、宣統《せんとう》帝、康熙《こうき》帝、光緒《こうしょ》帝、同治《どうち》帝、ホンタイジ、乾《けん》隆《りゅう》帝、咸豊《かんぽう》帝、道光《どうこう》帝、順治《じゅんち》帝、嘉慶《かけい》帝、ヌルハチ」

カードを表にしてテーブルに広げる。と同時に、見物人からどよめきが沸き起こった。すべて一致している。美由紀にとっては当然のことだが、彼らにしてみれば違う。

魏がふっと笑った。「なるほど。それなら監視の目にも判別できんだろうな。私もやってみよう」

青いカード十二枚を手にとり、魏はシャッフルした。美由紀と同じく、カードを弾く。表が見えたのはまさしく一瞬のことでしかなかった。

「嘉慶帝、光緒帝、順治帝、雍正帝、ヌルハチ、宣統帝、道光帝、康熙帝、乾隆帝、ホンタイジ、咸豊帝、同治帝の順だ」

テーブルに広げられた青のカードも、魏の告げたとおりだった。

美由紀は魏を見つめた。魏も美由紀をじっと見つめかえしていた。

動体視力では互角だ。わたしに残されたのは心理学の知識しかない。一方、魏のほうには無数の見えない援軍が存在する可能性がある。ここは彼のテリトリーだからだ。

虚勢を張ったところで、不利に変わりはない。美由紀はひそかにため息をついた。

勝負の行方

美由紀が異変を感じたのは、ゲームが第七局まで進んだころだった。

なぜか視覚に違和感を覚える。周りははっきりと見えているのに、必要な情報が得られていない。そんな不安に似た心理にさいなまれつつある自分を感じた。

手札を持ち、背後からの監視を警戒して素早くカードを弾く。

ところが、ほんの一瞬ですべてを見切ることができたはずの美由紀の目は、カードの順序をとらえられなかった。指は途中でとまり、最後の数枚のカードは本のページを繰るように、ゆっくりと弾かれた。意識せずともそうしていた。

「おっと」対戦相手の魏が低くつぶやいた。「いまのは遠くからでも見えてしまったかもしれんね」

思わず硬直した。

またカードを切り混ぜて、今度は静止することなく弾く。

見えない。カードの順序がわからない。

顔をあげて、魏を見つめた。それから、わきに立つ蒋に目を移す。

蒋が平然と聞いてきた。「どうかしましたか？」

美由紀は言葉を失った。かつて味わったことのない感覚が全身を支配した。

表情が読めない。相手の感情の動きがわからない。

焦点はたしかに合っている。視力が衰えたとも思えない。それなのに、相手の顔に視線を向けた瞬間に見極めることのできた表情筋の微妙な変化が、いまは見えなくなっている。

謝大使がうながしてきた。「美由紀様。カードを」

仕方なく、震える手で一枚めのカードをテーブルに置く。

魏の一枚めが表に返された。美由紀の推測はまるで外れていた。

もういちど魏に目を向ける。しかし、魏は美由紀の視線を警戒して、ポーカーフェイスを装っていた。

いつもならば、目を合わせることで相手が表情を消してしまう、その寸前に、表情筋を瞬間的に読み取ることができるはずだ。

どうしてわからないのだろう。目は見えているのに、なぜ……。

呆然《ぼうぜん》としたまま、カードをテーブルに伏せていく。それはもう、魏の心理を読むという行為からは遠くかけ離れていた。ただでたらめに、直感を信じてカードを選択していったにすぎない。素人プレイヤーも同然だった。

最後のカードを置く。謝大使が美由紀のカード十二枚を重ねて回収していき、逆順にして表向きに置いていく。

「外れですな……。一枚も当たってません。七十八万六千三百元のチップは親の総取りで、魏のものです」

「まって」美由紀は思わず声をあげた。「なにか変よ」

魏が妙な顔をした。「どこが変だというのかね？」

怪訝《けげん》そうなその表情。しかし、その裏に隠れた真意は読めなかった。美由紀の異変を知りながら知らぬふりをしているのか、それとも本当に何も知らないのか。表情からは察知できない。

やがて、自分の身体に何が起きたかが、おぼろげにわかってきた。

動体視力が利かなくなっている。

視力は普通に維持されていても、眼球のあらゆる筋肉の反応が鈍い。だから対象を追うのも焦点を合わせるのも一瞬遅れる。

こんなことが起きるなんて。考えられない。きょう、目になんらかの負担を与えるような出来事があっただろうか。

まさか……。

美由紀はハンドバッグをまさぐった。目薬の小ビンを取りだして、キャップをはずす。

そのにおいを嗅《か》いでみた。

かすかに異臭が漂う。シンナーのようなにおいだ。むろん、本来の目薬は無臭だった。

焦燥が募る。心臓の鼓動が加速していくのがわかる。

「どうして……？」美由紀はつぶやいた。「こんなことって……」

自然に起きた事故とは思えない。何者かが意図したことだ。だが、大使館側の人間がこのハンドバッグに手を伸ばすことができただろうか。わたしの観察眼がまだ働いているうちに、その隙を突くことなどできただろうか。

ひとつの可能性がおぼろげに浮かびあがった。

いちどハンドバッグはこの床に落ち、中身はぶちまけられた。そのとき、それらを拾ってバッグに戻したのは……。そもそも、ハンドバッグを床に落とさざるをえなかった原因は……。

美由紀が由愛香を見たとき、由愛香はゆっくりと立ちあがり、背を向けた。

冷ややかなその横顔。こちらに目を合わせようともしない。

「由愛香……。まさか、嘘でしょ？　あなたが……」

戸惑いのいろが浮かんだように見えたが、本心はどうなのかわからない。由愛香はささやくようにいった。「仕方なかったの。取り引きだったから……」

頭を殴られたような衝撃を受け、美由紀は愕然《がくぜん》とした。

勝敗表にあった、由愛香の最後の勝負。有り金を失ったはずなのに、彼女は三百万円相当のチップを得ていた。

あの代償に由愛香がおこなったことが、これだったのだ。美由紀の目薬に、動体視力を減退させるなんらかの薬物を混入させること。由愛香はそれを約束し、チップを受け取っていた。

憤りは沸き起こらなかった。ただ失意に似た、虚無感だけが押し寄せてくる。

「由愛香」美由紀は自分のつぶやきをきいた。「どうして……。なぜこんなことを……」

だが、その言葉は相手には届かなかった。由愛香は気まずそうに踵《きびす》をかえすと、そそくさと黒服や見物人たちの人垣の向こうへと姿を消してしまった。

なにも考えられなかった。ただ呆然としているうちに、視界が揺らぎだした。涙が頰をつたった。

それからの出来事はまるで、スローモーションの映像を観るように現実感を伴わないものだった。

第十局まで勝負の中座はできない規則だった。しかも美由紀は、さっきの負けで今夜儲《もう》けたぶんをほとんど失ってしまっている。ゲームをつづけざるをえなかった。

親としてカードを裏向きに伏せて並べる。そこには、常に不吉な予感がつきまとっていた。

魏がにやりとした瞬間、美由紀は悪夢の始まりを悟った。

謝大使によって表に返されていく魏のカード。美由紀の嘉慶帝に対し嘉慶帝、乾隆帝に対し乾隆帝、ホンタイジに対しホンタイジ……。

最後の一枚、宣統帝に対し宣統帝。

「なんと」謝が甲高い声をあげた。「全カードが一致。辛亥革命《しんがい》だ!」

ホールを揺るがすほどのどよめきが、いつしか集まってきていた大勢の見物人から発せられた。

美由紀は、思索することさえできなくなっていた。

監視の目が美由紀のカードを注視している。その事実すら忘れていた。よって、たどり着いた運命は成るべくして成ったものだった。すべてのカードを読まれ、情報はひそかに魏に伝えられた。辛亥革命が成立した。

魏が静かにたずねてきた。「さて、美由紀様。チップが大幅に足りないようだが……。現金をお持ちかな？」

動体視力

蔣が先導し、魏がその後につづき、美由紀はさらにその背後に歩を進めていた。周りを黒服たちが囲み、歩調を合わせてくる。どこにも逃げ場はない。

大使館の廊下を突き進み、蔣は突き当たりの扉を開け放った。

そこは、ホールに見劣りしないほどの豪華な部屋だった。金箔《きんぱく》に包まれた窓のない室内に、由愛香ひとりだけが座っていた。

美由紀を見て、由愛香は立ちあがった。怯《おび》えてすくみあがったようにも見える。

「由愛香……」美由紀はつぶやいた。

一同が室内に入ると、蔣が扉を閉め、鍵《かぎ》をかけた。

「では」蔣が美由紀に向き直った。「負債をどう支払っていただけるのか、おふたりで話しあっていただきましょうか。とりあえずハンドバッグ、アクセサリ、手持ちの金、クルマのすべてをいただいても、まだ完済にはほど遠いのでね」

「……話し合いだなんて」美由紀は憤りを抑えながら、由愛香に告げた。「なぜあんなことをしたの？　由愛香。目薬のビンをすりかえたのはあなたでしょ？　いったいどうして……」

しばし黙っていた由愛香が、ぼそりといった。「どうして、って？　別に、かまわないと思うけど」

「え……？」

「だってさ……。美由紀、普通の人間じゃなかったでしょ。相手の感情が読めるんだから。そんなの、賭《か》け事の席じゃアンフェアよ。あの目薬の中身がなんなのかは知らないけど、これで公平になったわけでしょ？　あなたはわたしたちと同じ条件でテーブルについた。それだけのことじゃない」

「そんなふうに考えろって、この人たちに言われたの？　あなたはそれで納得したの？　よく考えてよ。イカサマを働いているのはこの人たちのほうなのよ」

「でも、美由紀だって同じでしょ？　自衛隊の友達に頼んで、ヘリで妨害したりとか、やりたい放題じゃないの。自分の特権を行使しすぎじゃない？」

怒りがこみあげて、美由紀は語気を強めた。「あなたが失ったぶんを取り返せなかったら、あなた自身も破滅の道をたどるのよ。それなのに、どうして……」

「知らないわよ！」由愛香は顔を真っ赤にして怒鳴った。「なんでこうなったかなんて、そんなの、もう聞かれてもわからない。けど、これしかなかったのよ」

「由愛香……。拒否しなかった理由は何なの？　ほかになにを強要されそうになったの？」

「……従わないと、ほら穴送りになるって……」

「ほら穴？」

蔣がいった。「救済措置ですよ。お客様が負債額を支払えなかったときのためのね」

不穏な空気が辺りを支配している。

そういえば、謝大使の姿はここにはない。この場で権限を振るっているのは蔣だ。特命全権大使の目を盗んで、彼は由愛香になんらかの代償を強要した。

「いったい何よ」美由紀は不快感を覚えながらきいた。「ほら穴って何のこと？」

「中国人の一部男性に対し、夢を売るためのビジネスでね。女性は美人であるほど高値で取り引きされるが、とりわけ日本人は特に好まれる」

「それって、まさか……」

「最高に値がつくのは富裕層の日本人女性、つまりあなたがたのような人たちですよ。これまでの供給方法は香港やマカオのブティックにおける誘拐が主流でね。試着室の奥に隠し扉を設けておいて、洋服の試着のために服を脱いだ日本人女性をそのまま拉致《らち》する。会員登録している中国人男性たちが、思い思いに楽しむことになる。何日も、何週間も……場合によっては何年もね」

「なにをいってるの？　気は確か？」美由紀は蒋をにらみつけた。「外交官が凶悪犯罪に手を貸すつもりなの？」

「会員たちは裕福な日本人の女を陵辱できることに無類の喜びをしめす。わが国を支えるのは残念ながら政府のみではなく、こうした闇の市場の経済力によるところも大きい。合法とまではいかないが、私としては一種のビジネスとして容認すべきことだと考えている。ほら穴なら、おふたりも二年か三年身を預けることによって、巨額の負債を返却することができるでしょう。商品として価値があるのは、しょせん身体だけということです」

「奴隷制度も同然のビジネスを認めるなんて、時代に逆行してるわよ」

「奴隷？　とんでもない。……もっと下だよ。売春婦ほどの扱いも受けない。強いて言うなら、家畜です。豚のように這《は》いつくばってブヒブヒと鳴く。あなたたちの生きる道は、それしかないということです」

瞬時に怒りがこみあげた。美由紀は蒋に挑みかかった。「ふざけないで！」

ところが、美由紀が得意とする斧刃脚《ふじんきゃく》というローキックを、蒋は身を引くことであっさりとかわした。

距離感がつかめていない。敵の動作も正しく見極めてはいなかった。

その失策を悟ったとき、魏が素早く割って入ってきた。

魏は陽切掌《ようせつしょう》という水平のチョップを繰りだしてきた。美由紀は交叉法《こうさ》と呼ばれる防御の型で受けようとした。

だが、魏の手刀の動きに目がついていかない。相手の腕の位置を見失ったとき、腹部に切り裂かれるような激痛が走った。

息ができない。美由紀はその場にうずくまった。

さらに低い蹴《け》りが何発も浴びせられる。美由紀は避けようとしたが、またしても敵の脚の動きを正確に把握できない。美由紀はほとんど無防備のまま滅多《めった》打ちされた。

骨を砕くような痛みが全身を覆い、痺《しび》れに包まれる。美由紀はむせたまま、床に転がった。

「美由紀」由愛香の声が聞こえる。由愛香は泣きながら魏に訴えていた。「やめてよ、お願い。もう許してあげて」

魏の手が美由紀の髪をつかみ、ぐいと頭部を引きあげた。頭皮が剝《は》がれるほどの痛み。思わず涙がこぼれる。

「己を知ることだ」魏がいった。「空でも米軍のつくった高性能の戦闘機で、われわれの旧式の機体を圧倒したつもりになっている。パイロットの腕の差ではない、性能の差だ。いまも同じだよ。おまえは非力な女だ。体術にそれなりの自信はあったようだが、男に勝つことができていたとすれば、それは動体視力の賜物《たまもの》にすぎん」

蒋は腕組みをした。「相手の表情から先を読むという特技も、格闘技に生かせていたふしがありますね。鎧《よろい》を剝がされればこんなものですよ、美由紀様」

激痛をこらえながら美由紀はいった。「ほら穴とやらに送りこまれるぐらいなら……死んだほうがましよ」

「ふうん。あなたはそうかもしれないが、彼女はどうでしょう。高遠由愛香に、みずからの命を絶つ勇気はあるかな？」

由愛香は恐怖に身を凍りつかせている。

汚い連中だ。外交官だなんて、まったくのでまかせも同然だ。この男たちは私利私欲のために人命すら売買する、鬼畜に等しい奴らだ。

美由紀は蒋を見つめた。「由愛香には手をださないで」

「裏切られたのにまだ友達をかばおうとするなんて、泣けますね。美由紀様。あなたにその気があるのなら、ほら穴送りのほかの返済方法を考えてやってもいい」

「……なによ」

「自衛隊法第五十九条により、たとえ除隊しても職務上知りえた自衛隊の秘密は口外してはならないと定められています。しかし、ぜひとも教えてほしい。防衛統合司令本局はどこでしょうか？」

「なによそれ。防衛省の組織図をちゃんと見たら？　そんなの聞いたことないわ」

ふいに蔣は美由紀の頰を張った。美由紀はその痺れるような痛みに耐えた。

「嘘をおっしゃらないでください。組織図には載っていない、日本の防衛力の要《かなめ》となる部署です。防衛参事官も内部部局も統合幕僚監部も、防衛統合司令本局に指示を仰いで初めて動くことができる。かつて防衛庁だったころ、六本木の庁舎内に存在していたことはわれわれも確認しています。しかし庁舎が移転、跡地は東京ミッドタウンとなった。そして移転先の市ヶ谷には防衛統合司令本局はない。どこに引っ越したのか、それをぜひ教えてもらいたいのです」

「そんなの……ただの二等空尉だったわたしが、知るはずないでしょ」

「いやいや。あなたはたんなる二尉じゃなかったでしょう、岬美由紀様。私も本国にあなたの名を問い合わせて、驚きました。ずいぶんご活躍だったんですね。英雄と呼ぶにふさわしい。航空幕僚長と直接対話されたのなら、当然、防衛統合司令本局の所在地もご存じでしょう」

なにもかも見透かされている、美由紀はそう悟った。

防衛統合司令本局は蔣のいったとおり、陸海空の自衛隊を動かすために唯一絶対の権限を持つ部署だ。内閣総理大臣によって任命された内部部局の局員らによって構成されているが、周辺国からのミサイル攻撃を恐れて現在の場所はあきらかにされていない。

その住所を美由紀が知りえたのは、恒星天球教に絡む事件で信頼の置ける元幹部自衛官と上層部に見なされたからだった。もちろん、その所在地にある施設はフェイクではない。防衛統合司令本局を案内した参事官は言っていた。この場所はわが国における最高機密だ。万一にでも破壊されたら、わが国の防衛力はゼロに等しいものになる。他国の侵略を容易に許してしまうことになるんだ。

美由紀は蔣にいった。「誰が教えられるもんですか」

蔣は表情を変えなかった。ただ黒服たちに、顎《あご》をしゃくって合図しただけだった。

黒服たちは由愛香をいっせいに取り囲んだ。由愛香の悲鳴が、その向こうで甲高く響く。

「由愛香」美由紀はあわてて呼びかけた。だが、返事はない。

「予行演習です」と蔣は告げた。「ほら穴に行ってから、なにが起きるかを先に知っておくのも悪くないでしょう。優良商品になりえますからね」

「やめてよ」美由紀は泣きながら訴えた。「やめて!」

だが、蒋はなにも答えなかった。黒服たちに静止の指示も与えない。

もう一刻の猶予もなかった。美由紀はつぶやいた。「わかったから……」

「なんですって?」と蒋がきいた。

「わかったって言ってるの。……防衛統合司令本局の住所を明かせばいいんでしょ」

しばし蒋は美由紀を見つめてから、ぱちんと指を鳴らした。

黒服たちが動きをとめ、ぞろぞろと散会する。由愛香はうずくまって、肩を震わせて泣いていた。

蒋は懐から手帳と万年筆を取りだし、美由紀に差しだしてきた。「住所を書いてください」

それらを受け取った。万年筆を持つ手が小刻みに震える。

嘘を書いたところで、どうにもならない。彼らはその住所を調べあげるだろう。そこに防衛統合司令本局が存在しなかったら、由愛香を絶望の淵《ふち》に追いやってしまう。

震える手で一字ずつ書いた。東京都港区芝大門《しばだいもん》西四—七—十六、崎山《さきやま》ビル一階、二階。

書き終えた直後、美由紀はそのページを破りとった。それを折りたたむ。

蒋が眉《まゆ》をひそめた。「なんのつもりでしょうか」

「このメモを賭《か》けてもうひと勝負したいの」

「……ほう。愛新覚羅で？」

「ええ、そうよ。それから約束して。わたしがもし負けても、メモを受け取ったら由愛香を解放して。住所に防衛統合司令本局があるかどうか確認する気なら、わたしを人質にしておけばいいでしょ」

「なるほど。面白い。その住所が本物なら、おふたりがほら穴に行かずとも、充分にお釣りがきますからな。ほかにご希望は？」

「ホールじゃなく、別の場所でゲームをさせて。ミッドタウンタワーの監視の目が届かない場所で」

「いいでしょう。どうせ、事情を知らない謝大使やほかの客の目に触れさせるわけにはいきませんからな。お受けしましょう。魏《ウェイ》、与她再次決勝負《イーターツァイツージュエションフー》」

魏は不敵な顔でうなずいた。

地獄

大使館本館の地下厨房《ちゅうぼう》。そこが対戦の場所だった。

広々としているが、雑然とした場所だ。そこかしこに段ボール箱が積みあげられ、食材のパッケージが放りだされている。地上階の絢爛《けんらん》豪華な部屋とは対照的だった。

中央に据え置かれた調理用の小さなテーブル、その上に真新しい愛新覚羅のカードが並べられた。

蔣と黒服たち、そして由愛香が見守る前で、美由紀は魏と最後の勝負に臨んだ。

国家の行方を左右する住所を記載したメモを、チップの代わりに置いた。

どうしても負けられない。だが、勝つための秘策はなにもない。

これはただのその場しのぎにすぎない。わたしは死刑執行のときを遅らせただけだ。

動体視力が回復するまで時間をつなぎたかったが、それも無理のようだった。相手の表情を読むことはできず、瞬時の動きはなにも察知できない。

溥儀《ふぎ》のカードのやり取りで、魏が親にきまった。魏が一枚めのカードを置く。美由紀もカードを置いた。

魏のカードが表に返される。美由紀の推測は外れていた。

二枚めのカード、三枚めのカードも、美由紀は当てられなかった。

すべてのカードを出し終えた。十二枚中、一枚も当たることはなかった。まだ美由紀のカードが伏せられている以上、その事実を知るのは美由紀だけだった。

そのとき、魏が告げた。「『下関《しものせき》条約』という特別な役があるのをご存じかな?」

「……いいえ」

「このゲームは親のカードを子が当てるというルールだが、逆に親のほうが、子のカードすべてを当てられると自信がある場合に限り、口頭でそれを宣言できる。つまり、私があなたの出したカードの順序をぜんぶ当てられたら、その特別な役が成立し、四十倍の賭け金を奪うことができる。ただし、私も宣言した以上は、一枚も外してはならない。もし間違っていたら、あなたが四十倍の賭け金を得る。この勝負はあなたの勝ちだ。どうだね?」

相手のミスに期待するしかない、そういう状況になるわけだ。

だが、いま自分の動体視力が利かない以上、拒否したところでどうなるものでもない。

「いいわ」と美由紀はうなずいた。

「まず」魏はいった。「康熙帝だ。それから同治帝、雍正帝、嘉慶帝、宣統帝……」

蔣によって、美由紀のカードは次々に表向けられた。

身の毛もよだつ光景だった。魏はカードの順序を言い当てている。

「そして」魏がつづける。「ヌルハチ、光緒帝、道光帝、ホンタイジ、咸豊帝、順治帝、乾隆帝。以上だ」

最後のカードが表に返された。乾隆帝。

すべて正解だった。特殊な役である『下関条約』は成立した。

美由紀が反射的にとった行動は、テーブルの上のメモを奪おうとすることだった。

しかしそれは叶《かな》わなかった。蔣が先にメモをつかみとった。

「おっと」蔣はにやりとした。「ルール違反はいけませんな。潔く結果に従ってください」

蔣が美由紀の座っていた椅子を蹴《け》った。美由紀は床に尻餅《しりもち》をついた。

立ちあがった魏が駆け寄ってきて、美由紀に蹴りを浴びせた。美由紀は床に叩《たた》きつけられた。

強烈な一撃だった。もう痛みも感じないほどに、全身を痺《しび》れが包んでいる。筋肉も意志に反し、動かなかった。

メモをひろげた蒋がいった。「港区芝大門西四―七―十六崎山ビル、一階と二階か。タワーの監視班を現地に向かわせろ。それらしい施設があるかどうか確認するんだ」

黒服たちが反応し、何人かが外に出ていった。

「待って……」と美由紀は身体を起こそうとした。

そのとき、魏がふいになにかを投げつけてきた。

それが厨房にあった生卵だということが、額に命中して初めてわかった。黄身が美由紀の顔に飛び散った。

「だらしない」魏がほくそ笑んだ。「このていどの速さで飛んでくる物を避けられないとはな。パイロットの名折れだ」

さらにいくつかの生卵が投げられてきた。それらを避けることは、いまの美由紀には不可能だった。動きを目で追うこともできず、身体を動かすこともできなかった。

割れた生卵から飛びだした黄身が全身にぶちまけられる。美由紀は半固形の黄色い液体にまみれて、床に横たわっていた。

「さてと」蒋は由愛香を見た。「もうあなたに用はありません。由愛香様。どうぞお引き取りを。わかっていると思いますが、ここでの出来事は口外しないように」

しばし躊躇《ちゅうちょ》する素振りがあった。由愛香の顔には悲痛のいろが浮かんでいた。

もっとも、本心はわからない。ほどなく由愛香は、無言のまま背を向け、歩き去っていった。

美由紀はひとり、地獄に残された。

逃亡者

夜明け前の東京ミッドタウン。蒼《あお》みがかった空の下、誰もいないその広大な芝生の上を、高遠由愛香はふらふらと歩いた。

足はなぜかガーデンテラスに向かっている。マルジョレーヌという店、わたしの店。とりあえずそこにたどり着きたい。落ち着きたい。

思考は働かなかった。なにも考えられない。

通報しようかという意志さえも生じなかった。警察なんかあてにはできない。大使館が相手では、どうすることもできない。

美由紀はみずからあの場所に残る道を選んだ。わたしは帰された。それでいいではないか。さっさと日常に戻ろう。開店の準備を進めよう。

ところが、マルジョレーヌの前まで来たとき、うごめく人影があった。

「いたぞ」とスーツ姿の男がベンチから立ちあがった。「高遠さん。お話ししたいことがあるんですが」

迫ってくる数人の男たちは、いずれも顔見知りだった。借金の取り立て屋だ。

「高遠さん。きのう返済する約束だった三千万、入金ありませんでしたね。連絡も寄越さないとはどういう料簡《りょうけん》ですか」

由愛香は後ずさった。自分の店にすら近づくことができないなんて。

いや、もうあれは、わたしの店ではないのだろう。

とっさに身を翻して、由愛香は走りだした。

「まて!」男たちの靴音があわただしくなった。騒音は背後に迫る。

ハイヒールでは走りにくい。由愛香は靴を脱ぎ捨てて、はだしで駆けだした。

ショッピングモールのガレリアからプラザ方面へと、タワーの膝下《ひざもと》を抜けていく。入り口はどこも閉まっている。飛びこめそうなところはない。

そのとき、傍らの路地から、女の声が飛んだ。「由愛香さん。こっち」

足をとめた。驚いたことに、雪村藍が手招きをしている。

迷っている暇はない。由愛香は藍のほうに走っていった。

「ついてきて」と藍は由愛香の手をとった。

階段を駆け降りて、路地裏のような狭い通路を抜ける。由愛香ですら知らなかった道だった。

息を弾ませながら由愛香はきいた。「藍。ここでなにしてるの？　こんなに朝早く……」

「美由紀さんも由愛香さんも、連絡とれないんだもん。心配になってお店に来てみたら、なんだか怪しい人たちがうろつきまわってるし」

いきなり公道にでた。振りかえってミッドタウンタワーを見あげる。ちょうど裏手だ。ここには昔ながらの六本木の住宅街と、入り組んだ路地があった。

藍は停めてあった原付バイクに飛び乗った。「後ろに乗って」

由愛香はいわれるままに従った。

静まりかえった早朝の住宅街では、原付のエンジン音もけたたましく響く。連中に位置を教えているも同然だった。

バイクは走りだした。ちょうど路地に飛びだしてきた取り立て屋たちを、すんでのところでかわし、一目散に逃走した。

藍の身体を抱きしめながらも、由愛香は呆然《ぼうぜん》としていた。

流されるままに生きる人生。それがわたしだ。ぼんやりとそう思った。

いくらか時間が過ぎた。

由愛香がふと気づくと、原付は減速し、停車するところだった。

そこは古い家の建ち並ぶ住宅地の生活道路だった。坂が多く、しかも角度は急だった。

「降りて」と藍がいった。

原付を降りると、藍もバイクを押して坂を昇りだした。

やがて、その坂道沿いにある二階建てのアパートに、藍は近づいていった。

「ここは？」と由愛香がきいた。

「わたしの住んでる部屋」

「へえ」由愛香は純粋に感心していった。「なるほど、ここなら見つかりっこないわね。わたしみたいな人間が、こんな家賃の安そうなアパートがある一帯に向かったなんて、あいつらも夢にも思わないでしょうから」

藍が足をとめ、振りかえった。

一瞬のことだった。藍は平手で由愛香の頰を張った。

電気のような痛みが走る。かなりの力をこめたようだ。

だが藍の憤りは、それでおさまったわけではなさそうだった。

怒りに燃える目で見つめながら、藍がきいてきた。「なにがあったか教えてくれる？」

無防備と破滅

美由紀は大使館地階の厨房《ちゅうぼう》の冷たい床に、ぐったりと横たわっていた。

殴る蹴《け》るの拷問はいつ果てるともなく続き、何度か意識が遠のいた。そのたびに水が浴びせられ、正気をつなぎとめられる。

やがて黒服たちも疲れたのか、美由紀の周りから去っていった。いまはただ、動かない身体を投げだし、無防備に寝そべるしかなかった。

携帯電話の着信音が鳴る。

近くに立っていた蔣が応答した。中国語で早口になにかをたずねている。冷静に耳を澄ませば聞き取れるはずなのに、美由紀はもうそんな集中力さえも残していなかった。

やがて蔣は電話を切り、美由紀を見下ろしてきた。「監視班が確認しました。港区芝大門西四―七―十六の崎山ビルに、たしかにそれらしき施設が入っているようです。乗りつけられたクルマから制服組が建物の中に入っていったそうだし、監視班が顔を知る防衛参事官も出入りしていることが確認された。さらに、ビルの屋上には通信用のパラボラアンテナが認められたとのこと。防衛統合司令本局に間違いないでしょう。美由紀様。よく打ち明けてくださった」

「……そう」美由紀はかろうじて声を絞りだした。「じつは関係ない施設かも……」

「この期に及んでハッタリですか？　もっとうまくやるんですな。まあ、住所があきらかとなったいまでは、真偽をたしかめるのはたやすい。この施設を爆破して、本国から日本に長距離ミサイルを撃ちこめばいいのですから。防衛統合司令本局が失われていれば、ペトリオットによる迎撃はなく、ミサイルはすべて着弾するはずです」

「まさか……戦争を起こすつもりなの？」

「とんでもない。国をあげての破壊と殺戮《さつりく》など、愚鈍な政治家のやることです。私にとっては、政府などただの金づるでしかない。こうして豊かな国に治外法権を盾に陣取り、儲《もう》ける機会を与えてくれる。防衛統合司令本局の所在地を、連中は大喜びで買いあげてくれるでしょう。そうなったら巨万の富が私のもとに転がりこんでくる。日本ともおさらばです。その後、この国がどうなろうと知ったことではない。アジアの勢力図は大きく描きかえられることになるでしょうがね」

魏が蒋に告げた。「そろそろパーティーが終了する時刻です」

「そうだな、上に行こう」

「この女は？」

「始発の貨物列車にでも放りこんでおけ。ああ、美由紀様。あなたはもう防衛省にとって裏切り者であり、売国奴にほかなりません。古巣にも、警察にも助けを求められる立場ではない。口をつぐんでおくのが最良の策でしょう。無一文では弁護士を雇うこともできませんしね。身体が動くようになって、列車から降りても、歩いて帰るんですな。あなたの愛車は財産ともども、私どもに没収されているのですから」

また魏が髪をわしづかみにした。そのまま美由紀の身体は、床をひきずられていった。

涙がとめどなく流れ落ちるのは、痛みのせいばかりではなかった。

わたしは国家機密を売ってしまった。

この国を無防備にし、破滅へと向かわせてしまった。

1DKのアパートの部屋、収納も少なくそこかしこに洋服がさがっている室内に、不相応なパーティードレスを着た由愛香が座りこんでいる。

由愛香が泣きながら語った一夜の出来事を、藍は黙って聞いていた。

信じられないような事態、そして現在の状況。まさしく頭を殴られたような衝撃だった。

藍はしばし呆然《ぼうぜん》としていた。由愛香が語り終えたあとも、無言のまま座っていた。

「それで」藍はつぶやいた。言葉が喉《のど》にからんだ。「美由紀さんを見捨てたの……?」

「見捨てたっていうか……。ほかに、どうしようもないでしょ。あんな場所で抵抗するなんて、誰だって無理よ。美由紀は自分で残るって言いだしたんだから、なにか考えがあってのことじゃない?」

平然とした物言い。しかも、かすかに笑みが浮かんだようにも見える。

そんな由愛香の態度を見るにつけ、藍のなかに憤りがこみあげた。由愛香に対する猛烈な嫌悪感が襲った。

ためらうことさえなく、藍は由愛香の頰を張った。

「痛っ!」由愛香は怒りだした。「なにするのよ。何度も何度も……」

「ふざけんなよ!」と藍は怒鳴った。

由愛香はびくっとして凍りついた。

藍は怒りをぶちまけた。「美由紀さんを置いてきただって? なに考えてんの。由愛香さんが残ればよかったじゃん!」

「けど……そんな状況じゃなかったし……」

「状況って何!? 由愛香さんのせいで、美由紀さんは酷《ひど》い目に遭ったんじゃん。由愛香さんを助けたくて、美由紀さんは大使館に行ったんでしょ？　それを裏切るなんて……」

由愛香のほうも感情を昂《たか》ぶらせてきたようだった。「しょうがなかったって言ってるでしょ。ああでもしなければ、殺されてたかもしれないのよ」

「殺されればよかったじゃん！　由愛香さんなんか、死ねばいいのに！　なんで美由紀さんが犠牲になって、由愛香さんみたいな女が生き延びるの!?　誰もそんなこと望んでないじゃん！　美由紀さんの身になにかあったら、首でも吊《つ》りなさいよ！」

とたんに由愛香は、顔をくしゃくしゃにして泣きじゃくった。「なんでそんなこと言うの……。わたしだって、わたしだって努力したのに……。美由紀はわたしを助けてくれたけど、わたしは彼女を助けられないよ……。非力だもん。なにもできないもん」

子供のように号泣する由愛香を眺めながら、藍は押し黙った。

わたしも由愛香を責められない。わたしにも、美由紀さんを助けだす力なんてないのだから。

孤独と虚無

美由紀は暗闇のなかで、列車が減速したことを感じとった。

身体を起こそうとすると激痛が走る。歯を食いしばって、なんとか上半身を起きあがらせた。口のなかが切れているのか、血の味がする。

ワンボックスタイプのクルマに乗せられて駅まで行き、そこでこの貨物車両に放置された。列車はほどなく走りだし、すでに一時間ほどが経過していた。

周りに木箱が積みあげられている。なにを運んでいるのかわからないが、酸性のにおいがする。あるいは、美由紀が死ぬことも考えたうえで、その死臭をごまかすためにここに放りこんだのかもしれなかった。

列車は徐々にスピードを落とし、やがて停車した。

壁ぎわに手を這《は》わす。把手《とって》らしきものをつかんだ。上下左右に動かし、やっとのことで水平方向にスライドさせる。

扉は横開きに開いた。まばゆい外の光が差しこんでくる。

それでもまだ時刻は朝の六時ぐらいのはずだ。暗闇にいたせいで目が痛い。扉にもたれかかるようにして立ちあがったが、身体はひどく重かった。古綿でできているかのようだ。外に降りる手段を考えようとして、バランスを崩した。美由紀の身体は宙に投げだされ、一メートルほど下にある砂利の上に叩《たた》きつけられた。

汽笛の音がする。頬に風を感じていた。多少、潮の香りを含んでいるように思う。線路のレールが顔のすぐ近くにあった。ここに寝そべっているわけにはいかない。

起きあがると、そこは昔の操車場のように複数の線路が集結した場所だった。貨物専用の駅かもしれない。美由紀が乗っていたのは十数両編成の貨物列車の最後尾だとわかった。

車掌か、駅員の姿を探したが、誰もいなかった。運転手はいるかもしれないが、はるか彼方《かなた》だ。

それよりも、目に飛びこんでくるものがあった。線路沿いに一見、ゴーストタウン化した商店が軒を連ねている。その店先には電話ボックスがあった。

起きあがって、そちらにふらふらと向かう。足もとがおぼつかない。何度も前のめりに転倒しそうになりながら、なんとか電話ボックスにまで達した。

十円玉一枚さえ持ち合わせていない。パトカーか救急車を呼ぶことはできても、その場合は警察に身柄を拘束されてしまうだろう。

わたしはもう売国奴も同然の身だ、保護を求めるなんて甘すぎる。実際、大使館が相手では、警察にも手の打ちようがない。

ボックスに入ると、電話機の硬貨返却口に指をつっこんでみた。だが、十円玉は残っていなかった。

ため息をついたとき、電話機の上に一枚のテレホンカードがあるのがわかった。

残り度数はいくらかあるが、もう何年も放置されているものかもしれない。かかるかどうかはわからない。

それでも、ためしてみるしかない。美由紀は、震える手でカードをとり、スロットに差しこんだ。


藍はアパートの一室で、部屋の隅にちぢこまっている由愛香を眺めながら思った。

わたしはなぜ、こんな女を借金取りから助けてしまったのだろう。いっそのこと追っ手を呼んで、引き渡してしまえばよかった。

でも、そんなことはできない。わたしは友達を裏切ることなんてできない。

友達。どんな意味なのだろう。命がけで助けようとしなかったら、それは友達ではなかったことになるのか。そこまでの関係は、なかなか築けない。

美由紀だけは例外だった。彼女は命を投げだしてでもわたしを救おうとしてくれた過去がある。いままた、由愛香に対して捨て身の精神で臨んでいる。

その美由紀の意志があるから、わたしは由愛香を裏切れない。あくまで人を信じようとする美由紀に救われた命だから、由愛香のことが憎くても、助けなければならない。

わたしは正しいのだろうか。ため息とともにうつむいた。自信がない。美由紀のようには信念を持てない。

しばし静寂が続いた。

ふいに携帯電話の着メロが鳴り、静止していた時間が動きだした。

藍は電話にでた。「はい」

「藍……」

つぶやくようなそのひとことが、美由紀の声であることを藍は瞬時に理解した。

「美由紀さん!?　いまどこに？　無事なの？」

由愛香が顔をあげたが、藍は身体ごと彼女に背を向けた。いまは聴覚に集中したい。

「……だいじょうぶ」かすれた声が告げてきた。「……藍。由愛香は……？　無事に帰ったかな」

鋭い針で胸を突くようなひとことだった。

「うん、無事。いま一緒にいるし……。それより美由紀さん、どこなの?」

「わからない。正確なところは……」美由紀の声は、いまにも消え入りそうなほどだった。

「クルマで運ばれたのは上野《うえの》駅だと思う。そこから九十キロぐらい在来線を走ったところ」

「九十キロ?」

「線路って二十五メートル間隔でつながってるの。つなぎ目は一秒に一回来たから六十秒で六十回。太陽の位置から、だいたい一時間経ってる。だから計算すれば九十キロ。……それと、陽が昇る前は、列車の左側に風を受けてたみたい。いまごろの季節は陸の温度が海面の温度より早く冷えて、夜のうちは陸から海に吹く。だから右側に海がある線路を走ったんだと思う」

「わかった。上野から九十キロで線路の右がずっと海で……。いまはどんな感じ? 周りに何があるの?」

「ひとけのない場所。線路がたくさんあって……。山に囲まれてる。辺りは雑草だらけ」

「都内か、何県かだけでもわからない? 警察って、所轄が違うとなかなか捜査してくれないとかあるみたいだし……」

「駄目よ。通報はしないで。ぜんぶ、わたしの責任だから……」

「……そう、わかった。だけどわたし、探しに行きたくても原付しかないし……。貨物専用の路線だったりしたら、電車でも行けないし」

由愛香も無言のままだった。自慢の愛車はもう一台もないのだ、発言できなくて当然だろう。

美由紀の声がいった。「舎利弗先生に……お願いして……」

藍はその先を待ったが、美由紀の声は途切れたままになった。

「もしもし、美由紀さん？　返事をして」

しかし、そのまま電話は切れた。公衆電話からだったらしい、通話時間が終了したのだろう。

立ちあがり、原付のキーを手にとりながら藍はいった。「行ってくる。由愛香さんはここにいて」

「わたしも一緒に……」

「ダメ。借金取りに追いかけられるだけじゃない。ここでおとなしくしてて」

返事を待たず、藍は部屋を飛びだした。

思わず泣きそうになる。それでもできる限りのことをするしかない。美由紀がそうしてくれたように。

希望はある

藍にとって舎利弗浩輔という人物は、臨床心理士として美由紀の先輩にあたるが、髭面《ひげづら》で小太りのどこか熊を思わせる、おっとりとした性格の男という印象でしかなかった。本郷の臨床心理士会事務局でも、いつも留守番をしていて、たいていなにか甘いものを食べている。控えめで上品な印象はあるが、あまり意識したことはなかった。連絡をとることになるなど、夢にも思わなかった。

だが、舎利弗の電話番号は藍の携帯の履歴に残っていた。彼がいつも美由紀の職場の留守番をしている関係上、美由紀の居場所を折り返し連絡してくれた際に、携帯電話が使われたことも頻繁にあったからだ。

電話にでた舎利弗は眠そうな声で応対したが、藍が状況を伝えるうちに目が覚めたようだった。

舎利弗はいった。「と、とにかく、どこかで落ち合おう。ええと、クルマかい？　ずっと運転したことはなかったけど、いちおう免許は持ってるから……。臨床心理士会のクルマなら、借りられるよ。ガレージの鍵《かぎ》もあるし、ええと、いや、あったかな。あった。じゃ、本郷三丁目駅まで来てくれると嬉《うれ》しいんだけど」

藍は礼を言ったが、たちまち不安な気持ちになった。救いを求めるには、あまりにも頼りない人ではなかろうか。

けれども、その危惧《きぐ》は舎利弗がまわしてきたクルマに同乗するまでだった。

クルマが走りだしてすぐ、舎利弗は運転しながら告げてきた。「高速に乗るよ。湾岸線を東に行くより、アクアラインを使ったほうが早いかな」

「え？　どこに行くかわかってるの？」

「もちろん。美由紀はいい情報をくれたよ。路線図の入った地図を見れば一目瞭然《りようぜん》だ。上野から九十キロメートルほどの距離で右に海となれば、まず内房《うちぼう》線しか考えられない。たぶん姉《あね》ケ崎《さき》駅と袖《そで》ケ浦《うら》駅間にある貨物専用の引き込み線だ。袖ケ浦市の過疎地帯に、レールのほとんどが放置されたままの操車場跡がある」

意外に頼りになる。藍は感心していった。「臨床心理士の人って、やっぱり頭いいんですね。美由紀さんもそうだけど、専門外のこともすぐに学習できるなんて」

「そうでもないんだよ。鉄道には昔から興味があってさ。あのあたりにも電車の写真撮りに出かけたし……。Nゲージって知ってる? 小湊《こみなと》鉄道線の赤と黄いろの車体って、鉄道模型のなかでもマニアックな人気を集めてるんだけど」

「……いえ。……あまりしらないから」

「そう。……警笛が特徴あるんだよね。ポッポ、ポーって」

藍は呆《あき》れて口をつぐんだ。感心したのはわたしの早とちりだったかもしれない。

高速を降りてから、蛇行する山道のなかを抜けていき、荒涼とした草むらのなかに広がる操車場跡地が見えてきた。

「あ」舎利弗が声をあげた。「あれじゃないか?」

あぜ道同然の道路の行く手に、電柱にもたれかかるようにして座りこんだ女の姿がある。

一見して美由紀とわかった。藍はあわてていった。「停めて!」

クルマが停止するや、藍は飛びだした。駆け寄りながら呼びかけた。「美由紀さん!」

美由紀は無反応だった。ぐったりとして、やつれ果てたそのようすは、ゴミ捨て場に投げだされた人形のようだった。

近づいて、肩にそっと手をかける。「美由紀さん。無事なの。しっかりして」

しばらくして、美由紀が顔をあげた。

　藍は息を呑《の》んだ。ひどく殴打されたのか、美由紀の顔は無残に腫《は》れあがり、あちこちに痣《あざ》ができている。

　自然に涙がこぼれた。藍は震える自分の声をきいた。「どうしてこんな目に……美由紀さん」

「……心配しないで」美由紀は力なくつぶやいた。「生きて会えたんだから……。希望はあるわ……」

静寂

美由紀にとって、舎利弗のマンションの部屋を訪れたのは初めてのことだった。

藍に支えられながら、おぼつかない足をひきずって部屋に転がりこんだのは、二時間ほど前のことだ。

僕のベッドに寝かせろ、と舎利弗がいったとき、藍が妙な顔をして舎利弗を見返したことは覚えている。舎利弗はあわてたように、僕はソファで寝るんだよ、とつけくわえていた。

それからしばらく記憶が途絶え、気づいたときには、舎利弗の知り合いの眼科医である島崎《しまざき》が来ていた。

島崎は、美由紀が臨床心理士として何度か出向したことのある大学病院の眼科に勤務していて、舎利弗が個人的に呼んだらしかった。舎利弗はまだ事情をすべて把握していないだろうが、警察には通報すべきでないと判断してくれたらしい。

仰向《あおむ》けに寝た美由紀の目をペンライトで照らし、のぞきこみながら、島崎はいった。

「こりゃひどいな。視神経に壊死《えし》している部分がある」

「治るかな」と舎利弗が近くに立ってきいた。

「わからんな……。回復は困難だろう。視力には異常なさそうだが……」

「問題は動体視力だよ」

「動体視力ってのは、一種の反射神経だ。水平方向の移動を識別するDVA動体視力と、前後方向を識別するKVA動体視力がある。DVAのほうは眼球の横移動、KVAのほうは焦点で調整し対象を捉《とら》えるってことだな。網膜神経回路網がダメージを受けてるから、とりわけKVA動体視力の反応が鈍ってる」

美由紀は必死で声を絞りだした。「動体視力は……訓練で向上するはずでしょ。昔、自衛隊でもそうしたんだし……」

「いや」と島崎は首を横に振った。「それは目に異常がなかったころの話だ。いま無理をしたら、視神経に炎症が起きる可能性もある。視力低下や視野狭窄《きょうさく》をきたし、悪くすれば失明に至る」

舎利弗がため息をついていった。「美由紀。いまの聞いたろ？　以前のように、半ば無意識のうちにも動体視力を働かせて相手の表情筋を読もうとするのは、それ自体が危険な行為だってことだ」

「そんな……」

島崎は診療用の道具をカバンにしまいこんだ。「外科手術でどうなるものでもないし、治療薬もない。とにかく安静にすることだよ。しばらくのあいだはテレビも観ないほうがいいし、本も読むべきじゃない。部屋を暗くして、目を休ませることだ」

身体を起こした島崎に、舎利弗が告げた。「どうもありがとうございます、島崎先生。あ、このことについては……」

「わかってる。誰に聞かれても、岬美由紀さんとはしばらく会っていないと答えるよ」

「助かります。ではまた……」

お大事に。そういい残して、島崎は部屋をでていった。

フィギュアやプラモデル、映画のポスターに彩られた舎利弗の部屋。まるで男子高校生が住んでいるかのようなその室内で、美由紀はただぼんやりと天井を見つめていた。

「舎利弗先生」美由紀はつぶやいた。「藍は……?」

「会社に行ったよ。退社時間になったらまたすぐ飛んでくるって、そういってた」

「由愛香は……」

「彼女は……さあ。雪村さんの家に隠れたままじゃないかな……。たぶん彼女も追われる身だから……」

　追われる身。由愛香にもまだ安堵《あんど》は訪れていない。

　ふいに悲しみがこみあげてきた。美由紀は泣きながらいった。「わたしがいけなかった。あんな無謀な勝負を挑むべきじゃなかった。ほかに方法があったはずなのに……」

「落ち着いて。きみはよくやったよ。ひとまず由愛香さんも助かったじゃないか」

「いいえ！」涙が溢《あふ》れたとき、目に染みるような痛みが走った。それでも泣くことは止められなかった。「わたしはひどい人間だわ……。国家の安全にかかわる秘密を……。なによりも大事な国家機密をばらしてしまった。自衛隊法に反しているどころか、これで日本は周辺国にいつ侵略されてもおかしくない状況になった」

「そんなに感情を昂《たか》ぶらせるなよ。その話なら、雪村さんから聞いたよ。彼女も高遠さんから聞いたみたいだけど……。とにかく、それが重要なことなら、防衛省のほうに連絡をして……」

「駄目よ。そんなことはできない。防衛統合司令本局は表向き存在しないことになってるし、場所の発覚を前提とした対処法なんて用意されてない。再移転なんて莫大《ばくだい》な費用がかかるし、だいいち、それも現在の住所がわかっている以上、監視されたら移転先もまた判明しちゃうし……。どうすることもできないの。なにがあっても守りとおさなきゃならない秘密だったのに……。国民にすら打ち明けられていない最重要機密だったのに……」

「だからそれは、きみのせいじゃないよ。きみはまず真っ先に目の前にいた友人を助けようとしたんだ。その国家機密というのも故意にばらそうとしたわけじゃなかった。結果的にこうなってしまったけど、それは不可抗力というものだよ」

「そうじゃないわ……。わたしの判断ミスと、能力のなさが原因なのよ。もうわからない。どうしていいのかわからないよ……。あいつらに好き勝手にされて……なにもかも失って、この国すら危険な状態に陥れてる。わたしは売国奴よ。どうしようもない女よ……」

「違うんだよ。それは違う。きみは勇気ある人だよ。希望を捨てるな。諦《あきら》めるのはまだ早い」

「そんなこといっても……。防衛統合司令本局が破壊されたら、日本は無防備に……」

「冷静に考えてみなよ。僕も素人だから、そういう話は雑誌で読むぐらいしか知らないし、ミリタリー系にはあまり興味がないから知識もないけどさ……。そこが防衛の拠点だとわかったからって、いきなり中国がミサイル攻撃してくるかい？　そんなの、安保条約に従って米中が戦争状態になるだけだろ？」

「戦争にならなくても、日本は中国に弱みを握られたも同然になる。対中国の国力を一気に低下させることにつながる……」

「ああ、そうか。そういう懸念もあるよね。けど、中国政府もその情報を鵜呑《うの》みにするわけじゃないだろ？　情報の信憑性《しんぴょう》が確認されるまで、少し時間がかかるんじゃないか？」

「確認ならとっくに、蔣の手下が……」

「それは大使館に巣食う一味による確認だろ？　そいつらが政府に情報を売ろうったって、事実だと証明するには日数がかかる。その蔣ってのが、大使や中国政府に黙ってカジノの金を横領着服しているならなおさらさ。そこで借金のカタに取りあげた情報だなんて報告できるわけがない」

美由紀は舎利弗の仮説について吟味しようとしたが、頭は働かなかった。思考が鈍い。疲労も押し寄せてくる。

「わからない……。わたしには……」

「いまは休むことだよ。あわてたところで、どうなるものでもないから」

目を閉じて、深いため息をつく。どうなるものでもない。そのひとことが胸に突き刺さった。

ニュース

第一ヘリコプター団の熊井恭介二等陸尉は、木更津駐屯地の食堂に向から通路を歩いていた。CH47の整備も終わった。午後からは第四対戦車ヘリコプター隊との演習だ。

背後から声が飛んだ。「熊井二尉」

とっさに身体が反応する。立ちどまり、姿勢を正して敬礼した。

上官の白鷺《しらさぎ》一等陸尉が足ばやに近づいてくる。「昨晩、部下に夜間の抜き打ち訓練をおこなったそうだが」

「はい。ホバーリング技術に問題のある者がおりまして、訓練空域にて実施いたしました」

「訓練空域……ふうん」白鷺は疑わしそうな顔をした。「ところで、熊井。岬美由紀元二等空尉とは、最近会ったたか？」

「いえ……。彼女がなにか？」

「業務隊によれば、昨晩、おまえに岬元二尉からの電話を取り次いだそうだが」

「は、はい。電話だけなら」

「なんの話をした？」

「べつに、そのう、ひさしぶりに会って食事をしようかとか……」

「おまえが食事に誘われた？　信じがたいな。岬元二尉といえば相当な美人だ、おまえなんか相手にするかな」

熊井は苦笑した。「防衛大では友人でしたので……」

「ふん、まあいい。さっき内局の人事教育局長から連絡が入ったらしくてな。岬元二尉が昨夜、中国大使館に入ったという噂があるらしい」

「中国大使館？」熊井はひやりとした。「そ、それは問題ですね」

「自衛隊員は、自衛隊員倫理法第三条で共産圏への渡航も制限されてる。彼女は除隊した身だが、大使館内は外国と同じだ。安易な行動は慎んでもらわねばならない。そこで、きのう電話を受けたおまえなら、なにか知ってるんではと思ってな」

「私はなにも存じあげませんが」

「……そうか、ならいい。じつは、彼女についてはほかにも気になることがあってな」

「とおっしゃると？」

「岬元二尉の銀行口座にあった全額が引きだされている。噂が本当だとするのなら、大使館に行く前に、彼女自身がそうしたらしい。それに、中国の公的機関から日本の法律事務所経由で、彼女の資産の差し押さえが始まっている。彼女が借りていたマンションのなかの家財道具一式や、所有するクルマやバイク数台。すべてだそうだ」

「なんですって? どうしてそんなことに?」

「わからん。彼女の署名捺印《なついん》の入った財産の譲渡書があるため、誰も制止できないということだ。元国家公務員が財産すべてを中国に……。亡命の準備とみるのが自然だろう」

「まさか。彼女に限って亡命だなんて……」

「とにかく、上層部は一刻も早く彼女に会って事情を聞きたがっている。おまえのもとに連絡があったら、ただちに知らせろ。いいな」

「はい……」

歩き去る白鷺を見送りながら、熊井はただならぬ不安を覚えた。

なにが起きたというんだ、美由紀。ヘリのホバーリングで監視を妨害したあと、連中に何をされたんだ。

日が暮れたことは、カーテンの隙間から漏れる陽の光がなくなったことで気づいた。

美由紀は舎利弗のマンションの部屋で、一日じゅう寝ていた。

目の痛みはなくなってきたが、動体視力についてはあいかわらずだ。眼球運動の反応が鈍いのを感じる。医師に制止されてトレーニングもできない。

表情から感情を読むことができる技能ともお別れか。

舎利弗はキッチンのほうで、夕食をこしらえている。フライパンでなにかを炒《いた》めている音がする。

きょう、彼は仕事を休んだようだ。わたしは人に迷惑ばかりかけている。いつまでも、ここに世話になっているわけにはいかない。

とはいえ、どうすればいいのだろう。助けを求められるところはどこにもない。

そのとき、玄関のチャイムが鳴った。はい、と舎利弗が出ていく。

こんばんは、という藍の声がする。舎利弗が応じる。ああ、雪村さん。どうぞ、あがって。

藍が室内に入ってきた。会社帰りらしく、スーツを着ている。「美由紀。だいじょうぶ?」

「ええ」美由紀はつぶやきながら、藍の肩越しに由愛香の姿を見た。

由愛香は気まずそうに視線を逸《そ》らしながら、戸口にたたずんでいる。

藍が美由紀を気遣うように告げてきた。「由愛香さん、どうしても来たいっていうから……。美由紀が会いたくないんだったら、すぐに出てってもらうから……」

「いえ。いいのよ。由愛香。無事だった？　怪我はない？」

だが由愛香は、視線を逸らしたままだった。

辛《つら》そうな顔をしているが、やはり本心は見えてこない。

「ねえ、それよりさ」藍はハンドバッグから、小さくたたんだ新聞を取りだした。「夕刊に気になる記事が出てるんだけど」

美由紀は身体を起こそうとした。「見せて」

「だめ。美由紀さんは目を休ませなきゃならないんでしょ。わたしが読みあげるから。えぇと、中国共産党、全国代表大会の、中央委員会全体会議……説明が長いね。呉欣蔚《ウーシンウェイ》って人知ってる？」

「名前だけは……。政治局常務委員の九人のうちのひとり。共産党の最高指導部だから、総書記に次ぐ政府の実力者ね」

「さすが。で、その呉さんが緊急来日を申しいれてきて、日本政府もこれを了承したって」

「来日？」

「経済と産業貿易について理解を深めるべく、三菱《みつびし》グループの各企業や工場などを訪問する予定。来日期間中は帝国ホテルに滞在、中国大使館の親善パーティーにも出席するという」

エプロンをつけた舎利弗が部屋に入ってきた。「それはたぶん、情報を確かめに来るんじゃないのか？　美由紀から聞きだした、そのう、防衛の拠点の住所ってのを……」

美由紀は目を閉じた。

「ありうる……」と美由紀はいった。「そうでなきゃ、この時期に緊急来日するはずがない。三菱の工場を見学するなんて、ただの見せかけでしかない。防衛統合司令本局の所在地に関する情報の真偽を、確認するために来た。そうとしか考えられないわ」

「それなら、ちょうどいい」舎利弗はいった。「その呉さんって人に訴えればいいじゃないか。大使館にいた蔣って奴から脅された、蔣はカジノの収益をたぶん自分の懐に入れてるって」

「そんなの……無理よ」

「どうして？　いくらなんでもこんなヤクザまがいのやり方、中国政府が指導してるわけじゃないだろ？」

「それはそうだろうけど、政治局常務委員に接触なんてできっこない。アメリカの大統領並みに身辺警護されてるし、大物すぎるわ。訪問した国の一般市民の訴えを聞くなんて……。あ、でも……」

「何？」

「あくまで噂だけど……。共産党のトップクラスの党員は、日本や韓国の国内に個人的な情報屋を持っていると聞いたことがあるの。〝國家告密的人〟っていうらしいんだけど、なにしろ世界最大の党員数を誇る巨大な政府だから、情報の真偽をたしかめるにも手間がかかるらしくてね。だから在日中国人の家系に代々、伝承される國家告密的人という副業があって、彼らからの密告なら幹部も直接、耳を傾けるそうなの。それで現地の生の情報を得ようということなのね」

「いいって、なにが……？」

藍がだしぬけに甲高い声をあげた。「それいいじゃん」

「舎利弗さんがその國家告密的人だって言って、呉さんとやらに会えばいいってこと。会ってから正直に打ち明けるか、それとも最後まで國家告密的人だと偽って、大使館の不祥事を密告するか……。ま、どっちにするかは流れしだい。それでいいじゃない？」

「まさか……そんな危険なこと……」

「いや」舎利弗が真顔でつぶやいた。「それしか方法がないのなら、僕は喜んで協力するよ」

「舎利弗先生……」

ふいに由愛香が口をきいた。「ばっかじゃないの。そんなの、うまくいくわけないじゃない」

藍はふくれっ面をした。「やってみなきゃわからないじゃん」

「でも失敗したときにはどうなると思う？　今度こそ生きて帰れないかもしれないのよ」

「ふん。裏切り者は黙っててよ。なにさ、美由紀さんをこんな目に遭わせて。人間のクズ」

美由紀は耐え難い気分になった。

「やめてよ」美由紀は震える声で訴えた。「やめて。喧嘩《けんか》も、それに、無茶なことも……」

また涙が溢《あふ》れだす。視界はぼやけ、波打った。

室内に沈黙が訪れ、自分の嗚咽《おえつ》だけが聞こえる。

これ以上、友達を危険に晒《さら》したくない。みずから動くことができずにいるのが悔しかった。わたしは卑怯者《ひきょうもの》だ、美由紀はそう思った。国を売っておきながら、フトンにくるまって震えることしかできないなんて。

メール

二日後、正午すぎ。

舎利弗はしきりにネクタイの結び目を気にしながら、銀座《ぎんざ》の並木《なみき》通りに歩を進めていた。

「ねえ」藍もシックなスーツを着て、歩調を合わせている。「せかせか歩きすぎじゃない？　なんだかあわててるみたいに見えるよ」

「そんなこと言っても……」舎利弗はたちまち不安になった。「ああ、やっぱりやめときゃよかった。帰ろうか」

「いまさら何いってんの？　舎利弗さんがやるって言ったからきまったことなのに」

「けどさ……。やっぱ無理だよ。きのうもスパイ映画のＤＶＤとか観て予習しようとしたんだけど……。偽の情報屋が出てきて、どうなったと思う？　さんざんいたぶられたうえに、頭に銃弾を一発食らって即死……」

「もう。映画の観すぎじゃん。ホテルの一室でいきなりそんなことにはならないでしょ」

「どうしてわかる？　現に美由紀も酷《ひど》い目に……」

「その美由紀さんのためにやることだよ。舎利弗さん、臆病風《おくびょうかぜ》に吹かれたの？　なら、足手まといになるから帰って。わたしひとりでいくから」

「わかった、わかったよ。きみひとり置いてとんぼ返りなんて、それこそ美由紀になんて言われるか……」

國家告密的人に成りすまして政治局常務委員の呉と接触するという計画を、美由紀は最後まで反対した。それでも、ほかに有効な手段がないとわかったらしく、美由紀は辛そうにいった。わたしの考えたとおりに動いて。それ以外の言動は一切、控えなきゃダメよ。

そういう美由紀も、中国共産党の上層部について精通しているわけではない。防衛大で習った知識や、自衛隊にいたころに小耳にはさんだ噂話を元に人物像を推測するしかない、美由紀はそういっていた。

会ったこともない人物との心理戦。それも実働部隊は臨床心理士ながら人ぎらいな自分と、ごくふつうのOLにすぎない雪村藍だけだ。果たしてこれがうまくいくだろうか。

帝国ホテルのロビーを入るころには、喉《のど》がからからに渇いていた。

舎利弗は藍にきいた。「き、喫茶店でお茶をしていこうか」

「そんな暇ないって。ほら、あそこにいる人たち、側近っていうか関係者じゃない？」

黒いスーツ姿の、いかめしい顔をした集団。東洋人ながら、どこか日本人のホテル客とは違うぴりぴりした雰囲気を漂わせている。

映画にでてきた殺し屋たちとほとんど変わらない外見。舎利弗は足がすくんだ。

しかし、藍のほうはいっこうに気にかけないようすで、男たちに近づいていくと、美由紀に教わった付け焼刃の中国語で告げた。「すみません《チンウェン》」

ああ、ちょっと。呼びとめようとしたが、言葉は声にならなかった。

舎利弗はどきどきしながら、男たちと会話している藍の背を眺めていた。

男がちらとこちらを見る。鋭い目つき。舎利弗は身体を凍りつかせた。

やがて、男が告げた。「好的《ハオタ》。請等一下《チントンイーシア》」

歩き去る男たちを、舎利弗はぽかんと口を開けて眺めた。

「……どんなこと話したの？」と舎利弗は藍にきいた。

「決まってるじゃん。三菱グループの者ですが、呉さんにお伝えしたいことがありますって、そういったの」

「ずいぶんストレートだね……。中国語で話したの？」

「まさか。でも、三菱って言葉は聞き取れたみたい。あ、呼んでるみたい」

見ると、さっきの男がロビー脇の扉で手招きしている。

舎利弗はいった。「なんだかようすが変だ……。部屋に行くんじゃないらしい。あれはホテルの庭につづくドアだよ。まさか裏につれていかれて、ズドンと……」

「大げさだって。ほら、いくよ」

先に歩いていく藍を追いかけながら、舎利弗は頭をかいた。女性は大胆だ。あいにく、女性とろくに付きあったことのない自分にはよくわからない。


ホテルの庭園は広大で、さまざまな木が植えてある。呉欣蔚を迎えるホテル側の配慮か、木の説明の看板は中国語だった。

ひときわ屈強そうなボディガードたちに囲まれて、その庭園のなかの歩道を散策している人物がいる。

舎利弗は面食らった。呉その人だ。こんなにあっさりと面会が叶《かな》うなんて。

呉は木を眺めていたが、男が駆け寄って耳うちすると、鋭い視線をこちらに向けてきた。

心臓が張り裂けそうになる。思わず悲鳴をあげて逃げだしたい気分だ。

だが、そんな隙さえも与えず、呉のほうからこちらへと近づいてきた。

呉は新聞の写真よりも老けていて、外見は痩《や》せた老人にすぎない。しかし、異様なほどの威厳を漂わせている。目つきも険しかった。小国の指導者なら裸足《はだし》で退散させてしまうだろう。

「はじめまして」呉はわりと流暢《りゅうちょう》な日本語でいった。「三菱《みつびし》重工本社への訪問は明日のはずですが、なにか事前に御用でも？」

「ええ、あの」舎利弗はなんとか喋《しゃべ》りだした。「そうなんです。どうしてもお伝えしたいことがありまして」

ふうん。呉は視線を逸《そ》らし、庭園を眺めた。「中国語の看板とは粋な配慮だが、看板を地面に突き立てるのは如何《いかが》なものかと思う。土の苦痛、ひいてはそこに根をおろす木の苦痛が伝わってくるようだ。そうは思いませんか」

「はあ……。まあ、どうなんでしょうね……」

「見るに忍びないので、何枚か看板は取り除かせてもらった」呉はプラスチック製のプレートをかざしながら、微笑した。「ところであなたは、三菱グループのどの企業からおいでになったんですかな」

「あ、ええと、いろいろ転々としてましてね。三菱電機に就職したんですけど、その後、三菱商事に異動になりまして。それから三菱鉛筆にも何年か……」

呉の目がふいに光った。笑いが消えて、その視線がボディガードたちに向く。

目の合図を受け取ったらしく、男たちがいっせいに動いた。舎利弗は両腕をつかまれ、背後から羽交い絞めにされた。藍も同様だった。

背筋に冷たいものが走った。やっぱり。僕たちは殺される。

咳《せき》払いして、呉が冷ややかに告げてきた。「無知のようだが。三菱鉛筆というのは、三菱グループではないよ。三枚のうろこを象《かたど》った会社のロゴマークも、偶然の一致にすぎない。まるっきり別会社だ。では、聞こうか。どこの何者かな。私になんの用だったんだね？」

返答しようとしたが、声がでない。口はかろうじて動かせるが、言葉にならなかった。

そのとき、藍がいった。「嘘をついて申し訳ありません。わたしたちは國家告密的人です。彼はわたしの兄です」

呉の眉《まゆ》がぴくりと動いた。「國家告密的人？　耳に馴染《なじ》みのない職業だな」

「そんなはずはないでしょう。今後、呉欣蔚委員のお役に立つべく、ご挨拶《あいさつ》したいと思いまして、こうして参りました」

「……もし國家告密的人なら、わが国の言葉で話すべきではないかな？」

「祖父の代から家族全員が日本在住ですので……。残念ながら、北京語はほとんど喋れません」

美由紀に教わったとおりのことを、藍は呉に告げている。

いまのところはうまくいっているのかもしれない。舎利弗はそう感じだした。

ふんと呉は鼻を鳴らした。「接触の方法を無視している。合図も暗号もないのかね？」

「……両親は詳しいことを教えてくれる前に亡くなりました。國家告密的人として人民および国家のために尽くすという使命だけ、遺書を通じて知りえただけでして……」

「よかろう。きみ」呉は舎利弗を見た。「このプレート、すまないが元の位置に戻してくれないか」

男たちの手が緩む。舎利弗はそのプレートを受けとった。

プレートには『椿』と書かれていた。

テストか。椿は日本ではツバキだが、中国ではチャンチンというニガキ科の木だ。本来のツバキは、中国では山茶と書くはずだった。

大学院まで進んで、それなりに得た知識も役に立つことがある。舎利弗は冷静を装いながら、シンジュに似た珍しい木の前にそのプレートを突き立てた。

振り返ると、呉はまだどこか疑わしそうな顔でこちらを見ていた。

「で」呉はいった。「國家告密的人として自分たちを使ってくれと売りこみに来たわけか。私になにか提供できるネタでも持っているのかな」

「いえ、それはまだ」舎利弗は美由紀に指示されたとおりに告げた。「よろしければ、大使館においでの際、私たちも同行して、祖父の代からいままでのいきさつなどをご説明しようかと……」

「いや。大使館に行くのは三日も先のことだし、それには及ばん。情報はメールで伝えてくれればいい。謝礼金の振りこみはいつもの方法で。天国銀行については知っているだろう？」

「は、はあ。まあ、そうですね。親の日記を見てみないと、なんとも……」

呉はボディガードに、中国語でなにかを告げた。

ひとりの男がうなずいて、銀いろのケースを取りだし、一枚の名刺を差しだしてきた。

舎利弗が受け取るのを待って、呉がいった。「そこに記載されてるアドレスにメールしてくれればいい。では、重大な事態が起きたらまた会おう」

「はい。どうも、お手数をおかけしました。では……」

藍とともに立ち去りかけたとき、呉が呼びとめた。「待ちたまえ」

呉はボディガードから受け取った緑いろの帽子を手にして、つかつかと歩み寄ってきた。

「今後、私に会いにくるときにはこれを被《かぶ》るといい。私は人の顔を覚えられんのだが、それを被っていれば誰なのか判別がつく」

「感謝します」舎利弗は帽子をかぶった。「じゃ、失礼します……」

舎利弗は藍の手をひきながら、庭園を歩き去った。

ロビーに戻ったとき、舎利弗はようやくほっとひと息ついた。「心臓に悪いよ」

「ほんとね」藍も笑顔をみせた。「中国の人って、やっぱ変わった趣味だね。スーツにそんな帽子なんて、まるっきり似合わない」

「そう。でも、しばらくこのままでいるよ。見張られてるかもしれないからね……」

「舎利弗先生。やったね」

「ああ、やったよ。ようやく肩の荷が降りた……。やっぱり僕はメールでやり取りするのが性にあってるよ」

白日の下に

呉欣蔚は庭園にたたずみ、國家告密的人を名乗る男女が消えていったロビーへの扉を眺めていた。

「……載緑帽子《タイリューマオツ》」呉はつぶやいた。「あの男は平気でミドリの帽子をかぶった。中国人ではないな」

載緑帽子は、妻を寝取られた男を意味する。中国人男性なら侮辱されたと思われて怒りだすだろう。あるいは、これもテストだと気づいて、その旨を告げてくるにちがいない。

側近がきいてきた。「如何なさいますか」

「日本在住の國家告密的人となら私の立場でも直接会うという慣わしは、日本でもさほど知られているわけではない。たぶん政府筋か、国家公務員でなければ知りえないだろう」

「国家公務員……」

「そう。内閣情報室から警視庁、防衛省の幹部自衛官までを含む連中のことだ。そういう人種の息がかかった工作活動の可能性があるな」

「こちらの内情を探りに来たのでは?」

ありうる、と呉は思った。

中国大使館が入手したという防衛統合司令本局所在地の情報、それを確認すべく来日したのだが、表向きは産業や貿易の見学視察ということになっている。そのため大使館に行くのを三日も遅らせ、攪乱《かくらん》を図ったのだが、すでに日本側には怪しまれているようだ。

「尾行しろ」と呉はいった。「素性を全力で調べあげろ。そして、どんな人間が背後で糸を引いているのか、白日の下に晒《さら》せ」


美由紀は舎利弗の部屋のベッドで、電話にでていた。

舎利弗の声が告げてくる。「成功だよ。呉欣蔚と会った。本当にもう、ひやひやしたよ」

「よかった……無事に帰ってくれて。それでどうなったの?」

「情報はメールでくれってさ。これで可能性がみえてきた」

「ありがとう。藍にもお礼を言っておいて。それから、充分に気をつけて」

「ああ。わかってる。でも終わってみれば、なかなか心地いいスリルだったよ。……ところで、美由紀」

「何？」

「これからどうするんだい？　まさか、また中国大使館に行くつもりじゃないよな？」

「どうしてそんなふうに思うの？」

「いや、ただ、そう感じただけで……。無謀なことはしないでくれよな。動体視力を発揮しようと意識するだけでも目に悪い。取り返しがつかなくなっちゃうよ」

「脅さなくても、だいじょうぶよ。無茶なんてしないから」

「……そうか、じゃ、いいよ。仕事をしてから帰るから。ゆっくり休んで」

ええ、またね。美由紀はそういって、電話を切った。

しかし、美由紀はこのまま寝ているつもりはなかった。ベッドから起きだして、身じたくを始める。

部屋にいた由愛香がきいてきた。「どこに行くつもりなの？」

「ずっと世話になってるわけにはいかないから……。でもわたし、いまじゃ家なしだしね。安いアパートにでも泊まるわ」

「……でも貯金、ぜんぶ使い果たしたんでしょ？」

「藍が一万円貸してくれたから……。知り合いの大家さんに頼んで、三日だけ入居させてもらうわ」

「三日って……。その後はどうするつもりなの？　まさか、大使館に乗りこむつもり？」

「ほかになにがあるの？」

「馬鹿なことよしてよ。その呉さんって人に直談判したところで……」

「ただ訴えるわけじゃないの。すべてを取り返してくる。わたしのぶんも、あなたのぶんもね」

「……あなたってヘンよ、美由紀。いったいなんのためにそんなことするの？」

「さあ。わたしは、信念に従ってるだけよ」

「かっこつけないでよ」由愛香はまた泣きだした。「わたしを……馬鹿にしてるの？　無力で、なにもできないわたしを……。藍がいったように、わたしなんてクズよ。わたしのためにこんな目に遭ったのに、なんで怒らないの？　わたしに怒りをぶつけないの？　ぶってくれたほうがましよ！」

「……そんなことできない」

「どうして？　また友達だからとか、そんなこと言うつもり？」

「いいえ。ぶてないから、友達なのよ」

かすかに表情を凍りつかせた由愛香が、なにを思ったのかは知らない。

わたしは、わたしの道を行くだけだ。美由紀はそう胸に刻み、黙って戸口に歩を進めた。

由愛香は制止しなかった。

靴を履いて外にでる。外気に触れたとき、独りだと悟った。そう、最終的に、わたしは独りだ。

そのとき、美由紀の携帯電話が鳴った。

まだ料金引き落としの日を迎えていないらしい。いずれこの電話も未払いとなって解約を余儀なくされるだろう。

美由紀は電話にでた。「はい」

枯れた女性の声が告げてきた。「岬……美由紀さんですか」

「そうですが……」

「わたし……板村涼子《りょうこ》といいます。板村久蔵の妻です……」

美由紀のかつての上官、板村久蔵の自宅は、鎌倉市の閑静な住宅街にあった。

深夜。小さな一戸建ては通夜を終え、明朝の告別式を待つだけになっていた。辺りにひとけはない。線香の番をする未亡人と娘が、家のなかに居残っているにすぎない。

喪服を着ていきたかったが、美由紀にはもうそれすらも持ち合わせがなかった。藍に借りた黒いスーツ姿で家を訪ね、焼香をした。

遺影のなかで微笑む板村の姿。かつて自衛隊で見たままの、穏やかなまなざしがそこにあった。

板村涼子と会うのはこれが初めてだったが、美由紀は古くからのつきあいのように感じていた。板村久蔵という男を通じて、似通った人格の持ち主が出会うきっかけとなったのかもしれない。

「けさ、遺体で見つかったんです」涼子は静かに語った。「さっきまで、大勢の人が来てました。警察の人も、防衛省の人も……。主人を哀れんでいる人は少なかった。彼がどこにいたのか、最後に会ったのはいつだったかって、そればかり聞いてくるんです」

美由紀の胸が痛んだ。

彼が追われる身であることは、公にされていない。フランス製の軍用ヘリが奪われたことは、いまだ報道されてはいないのだ。

夫がかつての古巣から裏切り者とみなされていることを、妻は知るよしもなかっただろう。涼子の膝《ひざ》まくらで眠っている幼い娘も。

涼子はいった。「近頃、帰りが遅くて……。この子も心配してたんです。パパに会いたいって、いつも言ってたんだけど……。かなわない夢になっちゃったね」

「……板村元三佐は、なぜお亡くなりに……」

「首を吊《つ》ったの。医師の話では、まず自殺とみて間違いないって」

「自殺……」

鋭い刃で胸もとをえぐられる、そんな感覚が美由紀のなかにあった。

板村は追い詰められていた。奪ったヘリを担保にしてチップを借り、それすらも失った。さらに勝負をつづけ、進退窮まったのだろう。

そしてふと気づいたとき、国を裏切った自分がいた。初めは家族のためだったかもしれない。それでも結果的に、元自衛官として許されるはずのない罪に手を染めてしまった。

誰よりも温厚で、情け深かった板村。心に弱さがあったとは思いたくない。しかし、彼はすべてを失ってしまった。この国を守る立場だったはずなのに、逆に傷つけてしまった。

「岬さん」涼子は目を潤ませながら、微笑していった。「主人はいつも、あなたのことを話してました。あなたは誇りだって……。自衛官を辞めても、あなたは立派に臨床心理士を勤めあげた。大勢の人を救った。同じく除隊した俺も頑張らなきゃなって……いつもそういってました……」

耐えきれなくなり、美由紀はうつむいた。

大粒の涙がこぼれおちる。わたしは、板村の期待にすら応《こた》えられていない。同じ罠《わな》に嵌《はま》り、この国を破滅に向かわせている。

どうして板村と再会したとき、彼の苦しみに気づけなかったのだろう。見抜いていれば、助けることができたかもしれないのに。一度ならず二度までも、彼を裏切ってしまった。もう取り返しがつかない。

心理戦

三日後、午後七時半。

美由紀は目黒区のはずれにある老朽化したアパートの一室で、出かける準備をしていた。服は以前に大使館に行ったときと同じカジュアルなものだが、コインランドリーで洗濯してある。失礼には当たらないだろう。

ドアをノックする音がした。

ワンルームだけに、すぐに戸口にでられる。美由紀は鍵《かぎ》を外してドアを開けた。「はい」

その向こうには、驚くことに由愛香が立っていた。

「由愛香……」

「出かけるつもりでしょ、美由紀」

「どうして……」

「わからないとでも思った？　はい、これ。わたしの手元に残ってるメイクのセット。

……顔の腫《は》れはひいたみたいね。そのままでもいいかな。美由紀はいつも綺麗《きれい》だから」

「……ありがとう。もう出かけるところよ」

由愛香は美由紀の肩ごしに、室内を眺めた。「ありえないぐらいに狭くて汚い部屋ね。なにを食べて生活してたの？」

「レトルトって便利よ。ねえ、ククレカレーって、クックレスカレーの略って知ってた？つまり調理のいらないカレーって意味」

「……いつも勉強熱心ね」

「よければ、由愛香も食べていったら？ ここなら安全だし……」

「よしてよ。わたしも一緒に行くんだから」

「それは……」

「独りで行くなんていわせないから。……けど、わたしが言えた義理じゃないわね。あなたを裏切って、傷つけたんだし……。だからお願い、わたしを……一緒に連れていって」

「生きて帰れないかも……」

「……覚悟はしてる」

しばし静寂があった。

美由紀は由愛香を長いこと見つめていた。表情は読めなくても、感情に触れた。そんな実感がある。勘違いだとしても、いまは信じてあげたい。

「わかったわ。じゃ、一緒にいこう」

「ありがとう。美由紀」

ドアの外に出て、廊下を歩きだす。短い階段を降りて、美由紀は由愛香とともに下町の住宅街の細い路地にでた。

そのとき、目の前にたたずむ人影に気づいた。

舎利弗が告げてきた。「やっぱりね。出かけるところだろ？」

藍もそのわきに立っていた。「予想どおりだね。勝手に姿をくらまして、また危険のなかに飛びこもうなんてさ」

呆然《ぼうぜん》としながら美由紀はきいた。「どうしてここが……」

ため息をついて舎利弗がいった。「ここの大家さんって、美由紀の知り合いだろ。いま泊まれるところはここぐらいだ」

「わたしを止めにきたの？」

「いや」舎利弗は大きな旅行用のバッグを差しだしてきた。「これが要るんじゃないかと思って」

美由紀はそれを受けとった。ずしりと重い。ファスナーを開けてなかを見たとき、美由紀は言葉を失った。

そこには札束がぎっしり詰まっていた。

「これって……」

「僕の貯金だよ」と舎利弗がいった。「趣味といっても、DVDやグッズの大人買いぐらいしかないから、ずいぶん溜《た》まってた。カジノ・パーティーが今夜も開催されてるかどうかはわからないし、勝負を斡旋《あっせん》するつもりはないんだけど……。どうせ制止しても、行くんだろ？」

長いつきあいだ、舎利弗にはわたしの心が読めているらしい。残念ながら、まだわたしの動体視力は回復のきざしすらない。舎利弗の表情は読めない。

だが、彼の心はわかる。

美由紀はうなずいた。「……ええ」

「やっぱりね。……島崎先生の話では、状況しだいでは神経網の回復もありえるそうだけど、いま無茶すると取り返しがつかなくなるってことだ。目にはなるべく負担をかけないでくれ。勝機がないかぎり、無謀な賭《か》けはするなよ。それと、呉にメールは送信しておいたよ。言われたとおりに」

「わかったわ。本当にありがとう、舎利弗先生」

「無事で帰れよな。また日常に戻りたいよ」

「美由紀さん」藍が震える声で告げてきた。「どうか気をつけて。ミッドタウンタワーのほうは、わたしたちにまかせておいて」

「……なにをするつもりなの？」

「わたしと舎利弗さんで監視係をやっつけておくから」

「そんなの危険よ」

「いまさらそんなこといわないで。……美由紀さん。力になるから」

美由紀はなにも言えなかった。胸にこみあげてくるものに、耐えるのが精一杯だった。藍たちをこんな状況にまで付き合わせてしまった。しかもいまのわたしは、彼女たちの助力を必要としている。そこに疑いの余地はない。

「気をつけてね」美由紀はようやく、そのひとことを絞りだした。

「ええ」藍は瞳《ひとみ》を潤ませながら、気丈に笑った。「美由紀さん。幸運を祈ってる」

美由紀は由愛香とともに、中国大使館までの長い距離を歩いた。

夜の住宅地のなか、大使館は以前に見たときと同じく絢爛《けんらん》豪華に輝いていた。正門には招待客らのクルマが列をなしている。今夜は、いつもとは違う来客のようだ。運転手つきのセダンやリムジンが多い。やはり、中国政府の大物が訪ねているからだろう。

門に近づいていくと、黒服が笑顔を凍りつかせた。

「こんばんは」美由紀は声をかけた。「きょうもお邪魔するわね」

黒服は振りかえり、なにか手で合図した。

丸いサングラスの蔣世賓が、つかつかとやってきた。

「これはこれは……物好きな女がふたりも。なんの用でしょうか。今宵《こよい》は忙しいのですが」

「勝負に来たのよ」と美由紀はバッグのファスナーを開けて、地面に投げ落とした。「奪われたものすべてを、取り返させてもらうから」

バッグからのぞく札束に目を落とし、蔣は表情を固くした。

「あいにく、今宵はカジノは催されていませんので」

「それでもパーティーはある。そうでしょ？　パーティーといえば余興よね」

「ご冗談を……」

そのとき、ふいに声が飛んだ。「どうかしたのか」

足早にこちらに歩を進めてくるのは、正装姿の呉欣蔚、政治局常務委員だった。屈強そうなボディガードを従えている。

呉が蔣にいった。「ゲストに失礼があってはならんぞ」

「委員」蔣は戸惑いがちに応じた。「彼女たちは、以前に慈善事業のカジノ・パーティーに招待したゲストなのですが……」

「ほう。カジノのね。その際はお楽しみいただけましたかな？」

「ええ、とても」と美由紀はうなずいた。「よろしければ今夜も、愛新覚羅でひと勝負願えないかと思いまして」

「愛新覚羅！」呉は笑顔を浮かべた。「これはまた珍しいゲームを遊ばれたものですな。私も若いころにはよく試したものです。ひさしぶりにあの興奮の席を見物するのも悪くない」

蔣が咎《とが》めるように告げた。「委員……」

「さっそく席を用意して差しあげなさい。どういう筋の方かは、その席でお伺いするとしましょう。せっかく訪ねてこられた方を追いかえしたとあっては、中日友好の架け橋を自負する私の名折れですからな」

呉はそれだけいうと、さっさと立ち去っていった。

美由紀はあえて微笑を浮かべてみせた。蔣は苦い顔で、美由紀を見かえしていた。

オフィスフロア

藍は怯《おび》えてはいないつもりだったが、それでも緊張のせいか手が震える。タワーのエレベーターのなかで、三十四階のLEDランプを黒のマジックインキで塗りつぶす。たったそれだけの作業なのに、手もとがおぼつかない。

「急いで」舎利弗は、扉が閉じないように押さえていた。「美由紀はもうギャンブルでの勝負を持ちかけただろう。監視係もそろそろ来るころだ」

その発言に呼応するかのように、エレベーターがブーと鳴った。

下の階でボタンを押した者がいる。とっくに退社時間を過ぎているいま、このオフィスフロア専用エレベーターに乗ろうとする者は、彼ら以外にない。

やっとのことで藍は作業を終えた。「オーケー。じゃあ行くよ」

「連中とすれ違っても、目を合わせるなよ」

「だいじょうぶかな……。いきなり刺されたりしない？」

か？」

「事件を起こしたら不利になるのは彼らだから、心配ないよ。……なんなら僕が行こうか？」

「いいえ。女のわたしのほうがあいつらも油断するって、美由紀さんも予測してたし……。頑張ってみる」

「よし。ボタンを押し忘れるなよ」

舎利弗が手を放し、扉は閉まった。藍ひとりを乗せたエレベーターが下降を始めた。

藍はハンドバッグから携帯電話を取りだした。さもオフィスフロアで働いているOLのようなスーツ姿。IDカードも似たものをパソコンで作り、首から下げていた。

LEDランプの表示はロビーを通り過ぎて、業者専用駐車場のある地階に向かっている。間違いなく彼らだ。

三十四階のボタンに指をかけて、もう一方の手で携帯電話を保持し耳に当てる。

エレベーターが止まり、扉が開いた。

と同時に、藍はなにげなくそのボタンを押して、喋《しゃべ》りながらエレベーターから降りた。

「だからさ。残業で遅くなったって言ってるでしょ。いま外に出たところなの。いいえ、もうオフィスフロアには誰もいないよ。わたしが最後じゃない？」

扉の前には、ふたりの男がいた。中国人であることはあきらかだった。警戒心に満ちた冷ややかな目がこちらを捉《とら》えているのがわかる。

だが藍は、気にかけていない素振りを努めた。このように電話をしながら歩き去れば、彼らも容易に手はだせない。なにかあれば、電話の相手が通報する可能性もあるからだ。

男たちの視線が背中に落ちているのを感じていたが、藍はかまわず歩きながらまくしたてた。「ちょっとぐらい遅れたっていいじゃない。だいたい、ここから六本木ヒルズってちょっと距離があるじゃん。ふつう迎えに来るのが常識でしょ？ なにそれ？ クルマが車検で整備中って。ださ」

ポーンと背後で音がした。

振り向くと、エレベーターの扉が閉まり、上昇が始まっている。男たちの姿はない。エレベーターに乗ったらしい。

藍はため息をつき、冷や汗をぬぐった。

よかった、刺されなくて……。藍は心の底からそう思った。

遼《リャン》はエレベーターのなかで、相棒の張《チャン》に告げた。「今夜もカジノの監視なんてな。家でNFLの中継観る予定だったのに」

「ついてないな」と張がうなずいた。「なんでも呉欣蔚委員の歓迎パーティーの余興らしいぜ?」

「へえ。物好きな客がいたもんだ」

「ところで望遠鏡は?」

「いつものメンツでとっくに運びこんであるってさ。三十六階に」

扉のわきにある各階のボタンを見やる。さっき押した三十六階にのみ赤いランプが灯《とも》っている。

エレベーターはほどなく止まり、扉が開いた。遼は張とともに外にでた。

いつものように通路に歩を進めていく。

と、奇妙なことに、暗証番号のゲートは開いたままになっていた。

「おかしいな」と張がいった。「開きっぱなしになってるなんて」

「望遠鏡の搬入係が閉め忘れたのかもな」

そういいながらも、遼はどことなく不穏な空気を感じていた。

蔣世賓が大勢の部下を使い、やっとのことで手に入れた暗証番号によって、ようやく通行が可能になるゲート。常に固く閉ざされていてふしぎはない。それがいま、どうぞとばかりに開放されている。

何日か前にも警察に待ち伏せされたばかりだ。このところ三十六階を連続して使っている。罠《わな》が張ってあってもおかしくない。

張が先に立って歩きだした。「さっさと済ませちまおうぜ」

「まて。なんか、ようすがヘンだ」

「気のせいだって。早く勝負がつけば、早く帰れるかもしれんだろ」

戸惑いが生じる。

怪しむべき状況なのはたしかだ。だが、不安なら常に感じている。予感が外れることも稀《まれ》ではない。

それより、早く帰れるという張の言葉の響きに魅了される自分がいた。たしかに、仕事を早く切りあげることができれば、NFLの中継に間に合うかもしれない。

遼は迷いを振りきり、張につづいてゲートをくぐった。

ところが、その先にある会社の看板を見たとき、足がとまった。

ヘロドトスという会社が入居しているはずなのに、看板がない。フロアは未入居のままがらんとしている。当然、望遠鏡もない。

「おかしい」遼はいった。「階が違う」

引き返そうとしたとき、遼はこのフロアにいるのが、自分と張だけでないと知った。

小太りで髭面《ひげづら》の男が、ゲートを向こう側から押して閉めにかかっている。

「よせ！」遼は全力でゲートに駆け戻った。

だが、一瞬遅かった。ゲートは寸前で閉まった。

解錠用のテンキーに、記憶していた暗証番号を打ちこむ。ブザーが鳴った。音声のアナウンスが告げる。暗証番号が違います。

張が情けない声をあげた。「なんてこった。閉じこめられた！」

遼はへなへなとその場に座りこんだ。なんだよ。悪い予感が的中しちまったじゃねえか。

ラストエンペラー

中国大使館、本館ホールでのパーティーは、以前のカジノの催しとは違い、かなり厳粛なものだった。

招待されている人々も政治家が多い。静かに奏でられるピアノとバイオリンのハーモニー、そして控えめな談笑。あるのはそれだけだ。

そこへきて賭博《とばく》のテーブルが余興としてしめされることは、このパーティーの趣旨としてはかなり異色の試みに違いなかった。それでも人々は興味津々に、テーブルの周りを囲んでいる。

美由紀は、元パイロットの魏炯明と対峙《たいじ》していた。

テーブルはいつものように、美由紀が大きな窓を背にして座るようセッティングされている。窓の外はミッドタウンタワーだ。

ただし、ゲームに興じる魏の表情は硬かった。

監視係からの連絡が入らないからだろう、と美由紀は思った。

後から冷静に考えてみてわかったことだが、彼らは勝敗表のボードに書かれた暗号を通じて、こちらの手札を知る仕組みになっているようだ。ボードには、美由紀に理解できない複雑な表記が多々ある。タワーからの無線連絡を受けた黒服がそこに、暗号化した手札の種類を書きこんでいるのだろう。

きょうは勝敗表の前に、そんなあわただしい動きはない。

マティーニを片手に、上機嫌の呉が見守るほか、審判人として特命全権大使の謝基偉、カジノ運営責任者とおぼしき蔣世賓、そして由愛香が、それぞれ周りに着席し勝負に見いっている。

イカサマがないせいで勝負は一進一退だったが、ほどなくテーブルは沸いた。

美由紀が親をつとめた第十一局で、子の魏がカードをすべて当てたからだ。

「辛亥革命《しんがい》か！」呉は叫んだ。「こりゃ驚いた。私も初めて見たよ」

蔣がいった。「勝負ありましたな」

テーブル上のチップがごっそりと、魏のほうに押しやられる。美由紀は舎利弗から借りた金を、全額失った。

由愛香が両手で顔を覆っている。

美由紀は魏を見つめた。魏の表情は依然として読めない。

だが、美由紀は冷静に思考を働かせようと努力していた。

辛亥革命はどうして出せるのだろう。いつでも出せるのだとしたら、なぜ第十一局までおこなわなかったのだろうか。

親であるわたしの並べたカードが関係しているのか。最初に嘉慶帝、次に道光帝……最後は宣統帝。

ふと、美由紀のなかで何かが警鐘を鳴らした。

以前に辛亥革命を食らったときにも、わたしは最後に宣統帝をだした。そう、宣統帝のカードで終えたときにかぎって、辛亥革命が起きている。

宣統帝。ラストエンペラー溥儀《ふぎ》……。

そうか。そうだったのだ。辛亥革命は、タワーからの監視とは無関係だ。すべてのイカサマはこのテーブルで仕込まれている。カードのほかに、物理的なトリックはいっさい使っていない。

「ゲームをつづけましょう」と美由紀はいった。

蔣が眉《まゆ》をひそめた。「つづける？　あなたはもう無一文のはずですが」

「……チップを貸し与えて。担保に、わたしの以前の職場の秘密すべてを賭《か》けるから」

防衛統合司令本局の所在地どころではない。幹部自衛官として知りえたことを全部、相手の意のままに提供する。美由紀はそう申しでた。

「本気でしょうな」蔣がきいてきた。

「ええ」美由紀はうなずいた。

美由紀が元自衛官だと知らないようすの呉が、戸惑いがちにいった。「あまり熱くなられてはいけませんな。あくまで余興ですよ」

蔣は呉を見た。「いえ。余興だからこそ、サービスしましょう。三百万元ぶんのチップを貸しだします。……彼女の負け分は、わが国の福祉事業に寄付されます」

ふむ、と呉は肩をすくめた。「よかろう。いましばらく、勝負を見守りましょう」

つづく第十二局、魏が親で美由紀は子だった。美由紀はカードをほとんど当てることができず、かなりのチップを失った。

第十三局。美由紀がまた親になった。

美由紀がカードを伏せて置く。子である魏がカードを裏向きに置き、親の美由紀のカードは表向けられる。そして美由紀が次のカードを置き、魏もそうする。交互にカードの出し合いがつづいた。

最後の一枚。美由紀は宣統帝のカードを、テーブルに伏せて置いた。

魏の眉がぴくりと動いた。

眼輪筋も収縮したのがわかった。たしかに見てとれた。

予測の範囲内だったからか、もしくは動体視力が回復しつつあるのか。美由紀は、相手の感情がふたたび読めるようになってきたのを感じた。

魏が警戒するような視線を向けてくる。美由紀はそ知らぬ顔をつとめた。

すべてのカードがテーブル上に並んだ。美由紀のカード十二枚は表に返され、魏のカード十二枚は伏せられている。

審判人の謝大使が、魏のカードを重ねて回収しようとした。

美由紀はいった。「待って」

謝が動きをとめる。

静まりかえったホールに響く自分の声を、美由紀はきいた。「審判人は、その場所で最も位の高い者が務めるのが慣わしだそうですが」

蒋と魏の表情がこわばったのを、美由紀の視覚ははっきりと捉《とら》えた。

謝大使すらも身体を凍りつかせている。

呉だけが愉快そうに笑った。「これは懐かしい話だ。中華民国時代にはたしかに、一族の長がその役割を務めたと聞く。ここでは私の出番ということだな」

「お待ちを」蔣があわてたように制した。「それは国民党政府がつくった慣習ともいわれています。われわれ中国共産党としては、台湾を国としては認識しておらず……」

「政治的な見解をゲームの席に持ちこむのはやめたまえ。それを言いだしたら清朝を打ち立てた女真族の肖像を並べて遊んでいること自体、共産党員としては嘆かわしいことになるんじゃないかね？」

見物人から笑いが沸き起こるなか、呉は立ちあがった。謝に代わって魏のカードを丁寧に、順に重ねて回収していく。

そのときを見計らって、美由紀は告げた。「下関条約に挑戦します」

「ほう」呉は目を輝かせた。「すると子のカードを言い当てることができると？　面白い」

「申しあげます。宣統帝、咸豊帝、嘉慶帝、ホンタイジ、雍正帝、乾隆帝、順治帝、康熙帝、同治帝、ヌルハチ、光緒帝、道光帝」

審判人の呉が、さっきとは逆方向にカードを一枚ずつ、表向けながら置いていく。

「なんと……」呉は絶句したようすだった。

ホールを揺るがすようなどよめきが起きた。

しばしテーブル上を眺めていた呉がつぶやいた。「すべて正解、下関条約。お客様の四十倍の勝ちですな。魏はカードを一枚も当てられていないので、魏の完敗。……しかし妙だ。カードの配列がほとんど同じだ……。ひとつ、ずれてるだけではないか。お客様のほうは咸豊帝、嘉慶帝、ホンタイジ……とつづき、最後が宣統帝だ。対する魏は宣統帝から始まって、咸豊帝、嘉慶帝、ホンタイジ……ときている。こんな偶然が……」

「いいえ。呉欣蔚委員。これは偶然ではありません。謝大使も手を貸していたイカサマです」

「な」謝がひきつった顔でいった。「なにを言いだすんですか」

「ゲームの最初に新しいカードを卸し、赤と青の宣統帝を交互に混ぜて親と子をきめる。あの過程で、魏炯明がカードの裏に印をつけています。わずかにカードを逸《そ》らすか、爪で跡をつけるか、そのていどでしょう。だからわたしの宣統帝の位置だけは常に魏にわかる。そして彼が子になったとき、親のわたしが最後に宣統帝のカードを置いたときだけ、辛亥革命のチャンスがあるんです」

呉は怪訝《けげん》な顔をした。「どういうことかね」

「親のわたしが先にカードを置き、次に子の魏が置く。彼はそこでは常に宣統帝を出します。わたしの一枚目のカードが表向けられたら、彼はそれと同じカードを二枚目として出すんです。そしてわたしの二枚目のカードが表に返される。また彼もそれと同じカードを三枚目として出す……。こうして、一枚ずつ位置がずれた配列ができ、ただ魏のカードは宣統帝が最初、わたしのカードは宣統帝が最後になっている違いだけが生じています。魏のカードを回収した謝大使が、カードを揃えるときに密《ひそ》かに一番上のカードを一番下に移動させる。たったそれだけで、両者のカード配列はぴたり一致します」

「誤解だ！」謝はひどくあわてたようすで、呉に弁明した。「委員、私は誓ってそのようなことは……」

「いや」呉の表情はすでに険しいものになっていた。「可能性は否定できん……。さっきの辛亥革命も、宣統帝が最後だったではないか。それに魏は子になると、いつも宣統帝を最初に置いていた」

謝が絶句したようすで押し黙り、おろおろとした態度で蒋に救いの目を向けだした。

美由紀は、このイカサマが計算し尽くされたものだと気づいていた。わたしはゲーム中ずっと、審判人の謝に注意を払うことができなかった。対戦相手である魏の表情を観察せざるを得ないため、謝の顔などほとんど見ることができないからだ。隙を突いて、条件が整ったときのみ、たった一枚のカードを移動させる。それぐらいなら、手のなかで密かにおこなえるはずだ。

謝はミッドタウンタワーの監視について知らされていなかった。そこが盲点だった。いかさまに加担していないがゆえに、彼をシロだと思いこんでいた。だが彼は、別のいかさまに手を貸していたのだ。

呉は憤りのいろを浮かべた。「これが指摘されたとおりのことなら、重大問題だ。大使以下、外交官らが共謀してイカサマ賭博《とばく》を働き、外貨を稼いだことになるからな。たとえ福祉目的でも、許されることではない」

「委員」美由紀はいった。「問題はそれだけではありません。あの窓ごしに見えるミッドタウンタワーから、望遠鏡によってゲストの手札が監視され、無線およびホワイトボード上の暗号によってディーラーに伝えられていました。慈善事業だそうですが、計上された寄付金の額をお教え願えますか。毎日、数億円規模の収益があったはずのカジノ・パーティーですが、当然その額では申告されていないと思いますが」

「数億……？」呉は蔣をにらみつけた。「それは本当か？　きみらが人民代表会議に報告したパーティーでの収益金額は、その十分の一にも達していないが」

蔣は顔面をひきつらせていたが、甲高い声で圧倒した。「委員。戯言《ざれごと》に迷わされてはなりません。この女は元航空自衛隊の二等空尉です。例の情報も、この女から得たものです」

呉は冷ややかな目で美由紀を一瞥《いちべつ》した。

すぐに黒服を振りかえり、呉は小声で告げた。「ほかのゲストにお帰りを願え」

黒服らが見物人らに詫《わ》びをいい、出口へとうながした。ゲストたちは、不服そうな顔をしながらも、不穏な空気から逃れたがっていたらしい。文句をいわず退散していった。

ホールには大使館関係者らと、美由紀、由愛香だけが残された。

椅子に掛けたまま、呉は蔣にきいた。「例の情報だと……？」

「そうです。防衛統合司令本局の所在地です。わたしはこの岬美由紀という女から聞きだしたのです」

美由紀は間髪をいれずにいった。「知らないわ」

「この女！」蔣はサングラスを外した。燃えるような目でにらみながら蔣は叫んだ。「いまさらシラを切るのか」

「シラもなにも、防衛……って？　わたしがどうしてそんなことを知っていて、あなたに教える必要があるの？」

「よかろう。そういう態度なら、委員にご確認願うだけだ。委員。防衛統合司令本局の所在地は東京都港区芝大門西四―七―十六、崎山ビルの一階と二階です」

日本の防衛の要《かなめ》となる位置、その住所が詳細に中国共産党の大物に伝えられた。

だが、呉はさらに冷淡な反応をしめしだした。「それは違う」

「な……なぜですか」

「三日ほど前に接触してきた國家告密的人が、きのうそれと同じ情報をメールで送って寄越してきた。防衛統合司令本局は東京都港区芝大門西四―七―十六、崎山ビル一階および二階にあると」

「それなら確実ではないですか」

「いいや。この住所以外なら可能性はあろう。だが、防衛統合司令本局は断じてこの住所ではない。ここだけは違う」

「どうしてそんなふうに言えるというんですか。現にそのビルを監視しましたが、自衛官らしき者が出入りする設備が存在し……」

「たわけ。そんなものは日本側の用意したフェイクだ。わが国にも各地に同じような擬似施設を持っておる」

「なぜこの住所がフェイクだなどと……」

「メールで情報を寄越した國家告密的人はあきらかに日本側の送りこんできた工作員だ。素性も調べたが純然たる日本人で、生涯日本国籍で日本国内で働いている。すなわちこれは、わが中華人民共和国側の諜報《ちょうほう》活動を探るための日本政府の餌にすぎない。その同じ餌を、お前の釣竿《つりざお》も垂らしているとはな。よくも私を釣ろうとしたな」

「濡《ぬ》れ衣《ぎぬ》です、委員！　これは……ぜんぶ、この岬美由紀の罠《わな》です！」

その通り、と美由紀は心のなかでつぶやいた。

舎利弗と藍の偽装がばれることは予測がついていた。だからそれを逆手にとることにした。ふたりが偽の國家告密的人だと呉に気づかせ、あえて本物の情報を流し、それすらもフェイクだと感じさせたのだ。

「とにかく」呉は立ちあがった。「この件は総書記に報告し、中央委員会全体会議で処遇を話し合う。全員、帰国の準備を進めるがいい。本国に戻れば裁判が待っている」

立ち去りだした呉を、蔣が愕然《がくぜん》とした顔で見送っている。

だが、魏は違っていた。弾《はじ》けるように立ちあがり、近くのテーブルからナイフをとると、その背後に突進していった。

「危ない！」美由紀は素早く飛びだした。

床を転がって魏に先まわりし、呉との間に割って入った。

ナイフが振り下ろされようとする瞬間、美由紀の目はその動きをとらえた。交叉《こうさ》法という防御の型で、魏の手首をひねりながら横に受け流し、外側からまとわりつくように巻きこんだ。

動きを封じられた魏が、呆然とした顔で美由紀を見つめた。「貴様……」

「いいリハビリになったわ。おかげで目のほうも利くようになったみたい」

魏は美由紀の腕を振り払うと、ナイフを振りかざして攻撃してきた。しかし、そのすべての動きを美由紀は見切っていた。身体を左に右に避けてかわし、前掃腿《ぜんそうたい》という足技で魏の足首をひっかけてバランスを崩した。

すかさず美由紀は後ろまわし蹴《げ》りを放ち、踵《かかと》で魏の頬を蹴り飛ばした。魏は空中で回転し、けたたましい音とともにテーブルに衝突して床に転がった。

ふらつきながら立ちあがった魏は、黒服たちを押しのけるようにして逃走し、戸口の向こうに消えていった。

呉は唖然《あぜん》として魏が走り去ったほうを眺め、それから美由紀に目を向けた。

そのとき、蔣が由愛香を羽交い絞めにした。その手にはトカレフの拳銃《けんじゅう》が握られている。

「蔣世賓！」呉は怒鳴った。「やめんか！」

「あなたが本国に報告したんでは元も子もなくなる」蔣は由愛香のこめかみに銃口をつきつけた。「この女を盾にして大使館を出る。外にでたら、今度は逆に日本の治外法権が働く。私の身を勝手に追わないでもらいたい。そこは日本の警察の管轄なのでね」

美由紀は緊張とともにつぶやいた。「由愛香……」

だが由愛香は、怯《おび》えてはいなかった。

「撃ってよ」と由愛香はいった。

「なに？」蒋が面食らったようすでたずねる。

「さっさと撃って！　わたしなんか、いなくなったほうがいいのよ。撃てるでしょ。どうせ取るに足らない女だもの。無一文の、なんの価値もない女だもの」

「うるさい！　黙ってじっとしてろ」

「撃てって言ってるのよ」由愛香は蒋に向き直った。

蒋が引き離そうとした銃身を、由愛香がつかんで自分の身体に引き寄せた。「撃ってってば！　わたしなんか死ねばいい。そうすればすべてが解決するじゃないの！」

「ば、馬鹿。よせ！」蒋は人質を失うまいと、必死で銃を取り戻そうとし、激しくもみあった。

銃声が轟《とどろ》いた。

由愛香の腹部から赤いものがしたたり落ちたのを、美由紀は見た。

何歩かさがり、由愛香はその場にうずくまった。

美由紀は衝撃とともに駆けだした。由愛香を抱き起こしながら呼びかける。「由愛香」

「……美由紀」由愛香は力なくつぶやいた。「わたし……馬鹿だったわ」

「喋《しゃべ》っちゃ駄目」美由紀は近くのテーブルからタオルをとり、由愛香の腹に当てた。

タオルはみるみるうちに赤く染まった。

それでも、即死はまぬがれているのだ、急所は外れている可能性がある。

蔣は武器を失い、ふらふらと後ずさって尻餅《しりもち》をついた。

呉が駆け寄ってきて、美由紀に告げてきた。「救急車を呼ぼう」

「いいえ。それではあなたにご迷惑がかかります。政治局常務委員のあなたが大使館におられたときに銃撃があったとなれば、日中関係に深刻な影響を与えます」

「では、どうすれば……」

「この大使館で巻きあげられた財産はお返しいただけますか？　わたしの分も、由愛香の分も」

「もちろんだ。一元残らず返却させていただく」

「なら、この敷地内にわたしのクルマが停まってるはずです。それで彼女を病院に連れていきます」

呉は背後を振り返り、謝大使に厳しい声で命じた。「謝《シエ》！　取鑰匙《チユーヤオシー》！」

謝は慌てふためきながら動きだした。「は、はい。ただちに」

ため息をつき、呉は美由紀に目を戻した。

穏やかな表情で呉がいった。「事実関係は複雑のようだが、あなたに命を救われたことは間違いない。大使館での不祥事も、現段階なら我々で処理できる……」

美由紀はうなずいた。「お互い、この件は表に出さないというのが、賢明な判断のようですね」

「……礼を申しあげる」

その言葉が嘘偽りなく、感謝の念をこめたものであることを、美由紀は見抜いていた。彼の表情には、偽証にともなう表情筋の痙攣《けいれん》がない。

「いいえ。楽しかったですよ、愛新覚羅は」

「そうだな……。機会があれば、私もお手合わせ願いたいよ。もちろんイカサマ抜きで」

「ええ」美由紀は微笑してみせた。「そのときは、ぜひ」


由愛香は、激しい振動と轟音《ごうおん》のなかで、意識を浮かびあがらせた。

失神していたようだ。何度となく気を失っている。さっきまでの記憶は、大使館から運びだされるところだった。美由紀に抱き起こされたことだけは、ぼんやりと覚えている。

やがて、その振動はクルマに乗せられているせいだとわかった。

うっすらと目を開ける。夜の道を駆け抜けている。このエンジン音のやかましさ。ランボルギーニ・ガヤルドだった。

自分が助手席のシートにおさまっていることに気づく。隣では美由紀がステアリングを切りながら、ハンズフリー通話でまくしたてていた。

「どうして緊急の外科手術ができないの？　救急医療体制も整っているはずでしょ」

「ですから」電話の相手はしどろもどろだった。「外科手術の必要な急患となると、執刀医の手配に時間を要しますし……。それに、銃撃……でしたっけ？　事件性のある外傷なら、警察から連絡も入るはずで……」

「複雑な事情が絡んでいるって言ってるでしょ。治外法権下で起きたことだから警察にも協力は求められない。でも治療行為そのものに問題は派生しないわ。信じて」

「いえ。銃弾で負傷している患者を受けいれることは、当医院では……。申しわけありませんが、ほかをあたっていただけませんか。失礼いたします」

通話はぶつりと切れた。

「もう！」美由紀は苛立《いらだ》ったようすだった。「こんなときに働こうとしないなんて。なんのために医師免許を取得したのよ」

「美由紀……。もういいわ。わたしの命なんて……」

「駄目よ。あなたは助かる。どうあっても病院に受けいれさせてみせる」

「そんなこと言ったって……」

「ここからいちばん近いのはミッドタウンタワーのメディカルセンターね。たしか外科手術用の設備も完備されてた。深夜の救急医療体制はあるのかしら」

「あるにはあるけど……無理よ。いまみたいに断られるだけ」

「それなら、銃撃を受けたことを隠して病院に入るだけのことね」

「それも不可能じゃない？　セキュリティカメラでチェックを受けてからじゃないと、扉は開かないし。わたし血まみれだし、美由紀もわたしを抱いたせいでそうなってるし……。門前払いにされるのがオチよ……」

「当直の医師が患者をふるいにかけるの？　どうかしてるわ」美由紀はなぜか、グローブボックスから赤いサングラスを取りだした。「いいわ。それなら考えがあるから」

「どうするの？」

「いいから、まかせておいて」美由紀はそういってアクセルを踏みこみ、速度をあげた。

その真剣な横顔を見つめながら、由愛香は思った。

わたしはなんて恵まれているのだろう。なんて幸せなのだろう。こんなわたしのために真剣になってくれる人がいる。

友情を疑うなんて罪深い。たった一瞬でも、懐疑的になることさえ愚かしい。

意識がまた遠のいていった。それでも由愛香は、温かい気持ちに包まれていた。ガヤルドの激しく突きあげる振動さえ、揺りかごのように心地よく感じられた。

タワーの迷宮

美由紀は六本木通りから一本入った裏路地を飛ばしていた。大江戸線の終電の時刻を過ぎているせいで、辺りにひとけはない。それなりに順調だった。このままいけば、タワーには間もなく到達できる。

そのとき、ヘリの爆音を耳にした。聴きなれない音だ。自衛隊に属するいかなる機種のメインローターとも異なる。それも、これだけはっきりと聞こえるからには、よほどの低空飛行にちがいなかった。

サーチライトが路地を走る。まばゆいばかりの光が頭上から車体を照らしだした。だしぬけに、耳をつんざく銃撃音が響きわたった。ごく少数ながら往来していた人々が、悲鳴をあげて逃げまどう。路地のゴミ袋がちぎれて、中身が散乱した。

着弾の火花が電柱に、塀に、アスファルトに走る。空からのバルカン砲による掃射にちがいなかった。

美由紀は速度を緩めず、蛇行する道を駆け抜けた。左の電動ミラーを上に向けて、後方斜め上を確認する。

追っ手のヘリ。アパッチをやや小ぶりにした直線が主体のフォルム。黒光りするそのボディは美由紀の遭遇したことのない最新鋭の機種だった。

カウアディス攻撃ヘリ。大使館の敷地内か、そのすぐ近くに隠してあったのだろう。目を凝らすと、操縦席にひとりの男の姿がある。さっき大使館のホールから逃げのびた魏炯明に相違なかった。

外交官が聞いて呆《あき》れる。もはやなりふり構わず、こちらを始末しようというのだろう。兵装がなかったはずのヘリに武器を積んで追撃とは、蔣世賓の差し金ではあるまい。人民軍パイロットとしての意地を賭《か》けて独断で出撃したに違いない。

ひたすら面子《メンツ》にこだわり、状況を省みない。そんな魏の操縦するヘリはまさしく移動する凶器にほかならなかった。バルカン砲の銃撃は激しさを増し、着弾も近くなってきた。ボンネットに小さな爆発が起きて、火柱が噴きあがる。何発か当たったらしい。エンジンがガリガリと嫌な音を立てだした。

それでもまだコントロールが利く。美由紀はステアリングを切り、ガヤルドを大通りに差し向けた。

首都高のガード下に飛びだし、空車タクシーの列のなかを突っ切り、外苑東通りの反対車線にでて逆走する。たちまちクラクションの渦が沸き起こったが、それも一瞬のことだった。上空に迫る黒い陰がバルカン砲を掃射しはじめたとき、一帯はパニックで騒然となった。

車道に溢《あふ》れかえる人々、スピンしてガードレールに激突するタクシー。阿鼻《あび》叫喚の地獄絵図に至る寸前の状況が広がっている。このままでは直接か間接かを問わず犠牲者がでる。路上に留《とど》まるのは賢明ではない。

歩道に乗りあげ、街路灯と並木をなぎ倒して突き進んだ。低い階段を昇って東京ミッドタウンの敷地に入る。突きあげる衝撃は相当なものだ。由愛香をちらと見やった。出血がひどい。早く病院に運ばねば。

飛びこんだ場所は、オークウッドプレミアというレセプション・センターの脇だった。由愛香が出店を計画していたガーデンテラスをかすめ、芝生の上を走り抜けていく。砂ぼこりがひどい。この時間になるとここも無人に近いが、明かりも消えているせいで前方を視認しづらい。一瞬の判断ミスが命とりになる。

ふいにヒューンという甲高い音が響いた。その直後、大地を揺るがす轟音《ごうおん》とともに真っ赤な火球が膨れあがった。由愛香が悲鳴をあげる。

爆発の火柱はさらに数本あがった。スピードを緩めることなく炎の壁を突き抜ける。まわりこもうとするヘリの動きを見たとき、それがミサイルによる攻撃だと悟った。

手段選ばずか。カウアディス攻撃ヘリには詳しくないが、ミサイルの軌跡からすると熱源を感知するのではなく、対象を捕捉《ほそく》しロックオンすることで命中に至るセミアクティヴ・ホーミングだろう。対地より対空に向く攻撃システムであるがゆえに、こちらもなんとか命脈を保っていられる状況だ。

しかし、幸運は長くはつづかない。このままでは狙い撃ちにされるのがおちだ。

タワー方面に向かってアクセルを踏みこむ。全面ガラス張りの壁面が迫った。そこを突き破り、プラザと呼ばれるショッピングモールを突っ切っていく。タワーの反対側、ミッドタウン・ウェストを前にしてUターンした。

ヘリの爆音が響く。高度をあげたのがわかる。こちらの位置を見失ったのだろう。しばらくは時間が稼げる。

スロープを降りて、地下駐車場にガヤルドを乗りいれる。藍と舎利弗はもう立ち去ったはずだ。監視係はおとなしく三十四階に閉じこめられたままだろうか。できればもうしばらく囚《とら》われていてほしい。

駐車場に面したメディカルセンターの夜間救急用入り口前にガヤルドを停車させる。美由紀は車体から飛びだすと、すぐさま助手席側にまわってドアを開けた。瀕死《ひんし》状態の由愛香の身体を助け起こしながら声をかける。「由愛香。無事? あと少しだけ辛抱して」

「美由紀……。無理だってば……。こんな姿見られたら、拒否されるだけよ……」

「心配しないで」

そういって美由紀は由愛香に肩を貸し、引き立てて入り口へと連れていった。

固く閉ざされた自動ドア。小窓ひとつない。無愛想な監視カメラが一台、こちらに向けられている。

美由紀は赤いサングラスを取りだし、カメラのレンズに押しつけた。呼びだしボタンを押す。

インターホンで当直の医師とおぼしき声が応じた。「なんでしょう」

「友達の気分が悪くて。ちょっと診てもらえる?」

「……お待ちください」

由愛香が妙な顔をした。美由紀は、だいじょうぶと目で訴えた。

ほどなくして、扉は横滑りに開いた。

ぶらりと出てきた白衣姿の医師は、血まみれの患者を目の前にして仰天したようすだった。

「手伝って」と美由紀はいいながら、戸口のなかに入った。

もはや拒否ができるはずもない。医師は戸惑ったようすながらも手を貸してきた。「あ、あのう……。気分が悪いって……？」

「腹部を銃撃されたの。大至急、外科手術の準備をして。医師がいないのなら、近くの六本木赤十字センターから呼ぶのよ。設備が不足してるなんていわせないから。わかった？」

「あ、はい。ただちに……」

ストレッチャーの上に寝かされた由愛香は、呆然《ぼうぜん》とした面持ちをしていた。

「美由紀。どうして……？　なぜ受けいれられたの？」

「暗視カメラって、たいていモノクロだから。赤いフィルターを通してみると、血のいろは飛ばされて映らないの」

「……すごい」由愛香はため息をついてつぶやいた。「あなたって人は……やっぱり……」

「もう喋《しゃべ》っちゃ駄目よ。絶対に助かるから心配しないで」美由紀はそういって、走り去ろうとした。

「どこへ行くの？」と由愛香がきいた。

「決着をつけるの。殺人鬼を東京上空に野放しにはできないから」

美由紀は地階の駐車場に駆けだして、エレベーターの扉へと向かった。

そのとき扉が開いて、ふたりの男がでてきた。黒いスーツを着た男。北京語でぶつぶつと会話を交わしていた。

ふたりと目が合った。凍りついたのは、向こうのほうだった。

監視係か。三十四階から脱出したのだ。だが、わたしの行く手を阻むことはできない。

相手が動くのを待つことなく、美由紀は猛然と突進した。ようやくふたりは目の前の女が敵だと察知し、懐に手を突っこんだ。

その手が引き抜かれるより早く、美由紀は跳躍して膝《ひざ》を曲げて反動をつけ、空中で二段蹴《げ》りを放ってひとりめの顎《あご》を蹴り飛ばした。着地してから身体をひねり、旋風脚のまわし蹴りでふたりめの顔面を蹴る。骨の折れる鈍い音がした。ふたりはふらつきながら、ほとんど同時に床に突っ伏した。

怪我《けが》をさせて気の毒だが、すぐ近くは病院だ。這《は》ってでも訪ねていけば治療してもらえるだろう。もっとも、医師がドアを開けてくれるかどうかさだかではないが。

美由紀は倒れた男たちの懐をまさぐった。だが、内ポケットの中身は、美由紀の期待したものではなかった。

拳銃などの武器ではない。たんなるトランシーバーだった。

ノイズとともに、トランシーバーから音声が漏れ聞こえてくる。「遼、張、立刻應答《応答せよ》」

そのトランシーバーを取りあげて、美由紀はいった。「二人是不在《彼らはいないわ》。他們已經不能説吧《もう喋れないだろうしね》」

魏は息を呑《の》んだようすだった。「岬美由紀……」

「決着をつけてみる？」と美由紀はエレベーターのボタンを押した。「タワーに昇るわたしを仕留めてみることね」

バルカン砲の掃射音が聞こえる。エレベーターの扉が開いた。美由紀はなかに乗りこむと、三十一階のボタンを押した。

扉が閉じ、エレベーターは上昇を始める。

とたんに、轟音《ごうおん》とともにビルが激しく揺れた。エレベーターが静止するまでには至らないが、天井のライトはしきりに明滅を繰り返している。

闇雲にミサイルを放つとはどうかしている。まともな思考がなければ自制をうながすこともできない。

美由紀はトランシーバーにいった。「狙いもつけないうちに発射だなんて、人民軍の名折れね。ちゃんと操縦したら？」

「黙れ」魏の声が怒鳴った。「ロックオンした直後に貴様は消し飛ぶ。己れの無念を味わう暇もない。だからいま、じわじわと恐怖を与えているのさ」

「そう？　ちっとも怖くないけど」

やはりセミアクティヴ・ホーミングか。百発百中の照準システム。だがそこに隙が生じる。

エレベーターが止まり、扉が開いた。美由紀はフロアに駆けだした。これが最後のチャンスだ。その思いを胸に刻んだ。

魏炯明は操縦桿《かん》を引いてヘリを上昇させた。ミッドタウンタワーのガラス張りの壁面に、ヘリの機体が映りこんでいる。サーチライトを消して目を凝らした。ガラスの向こうに、無人のフロアが見える。

二十六階、二十七階、二十八階……。岬美由紀の姿はない。

エレベーターに乗ったというのはブラフか。だが、地上で少しでも動きがあれば、俺の目は見逃さない。たちまち追って蜂の巣にしてやるだけだ。あの小娘と違い、俺の動体視力には寸分の狂いもない。

そう思ったとき、三十一階に人の動きを察知した。

フロアの窓を真正面にとらえる位置で、空中停止飛行《ホバーリング》に入った。窓を注意深く観察すると、たしかに人影があった。

いた。岬美由紀だ。窓辺にたたずんでこちらを見ている。トランシーバーを手にしていることも視認できる距離だった。

「ねえ」美由紀の声がスピーカーからコクピット内に響き渡った。「東京ミッドタウンの被害、甚大なんだけど。あなたと蔣が巻きあげたお金で弁償してもらうから」

戯言《ざれごと》を。魏は一笑に伏した。「遺言はそれだけでいいのか？　岬。以前に日中戦争の開戦を阻止した英雄だそうだな。気功の心理的からくりを解き明かして人民代表会議を説得し、無血で平和を取り戻したとか。今度も俺を説得するつもりか？」

「ええ。そのつもりよ。わたしを撃たないほうがいいわ。無事に帰りたいならね」

「臆病者《おくびょうもの》の小娘が精一杯強がったところで、運命など変えられん。思い知るがいい」

魏は窓ごしに美由紀を狙い済まし、ミサイル発射ボタンを押した。

だが、その瞬間、魏は己れの過ちを悟った。

発射寸前に、照準システムが標的をロックオンした。真正面に位置する岬美由紀の姿を捉《とら》えた。

本来はそのはずだった。だが、いまは違う。ウィンドウフィルムに反射した電磁波はまっすぐに跳ね返っていた。すなわち、ヘリはみずからの機体をロックオンしてしまった。

それがなにを意味するのか、魏は身を持って知った。頭上でメインローターが四方に飛び散り、魏はコクピットごと機体から射出されてしまった。それから自由落下が始まる。

魏は悲鳴を耳にした。コクピットに響く叫び。それは自分の声だった。


美由紀は窓ガラスごしに、コクピットを射出したヘリを眺めていた。

発射されたミサイルは空中で弧を描き、Uターンして機体に命中した。目もくらむような閃光《せんこう》、一瞬遅れて激しい爆発音が轟《とどろ》く。突きあげる衝撃が襲う。轟音とともにビル全体が揺れた。ガラスに縦横に亀裂が走り、直後に弾《はじ》けるように砕け散った。

高度二百メートルの強風が吹きつけるなかに、美由紀はたたずんだ。

四散したヘリの残骸《ざんがい》が、黒煙を噴きながら地上にばらばらに落下していく。

あの辺りは緑豊かな庭園だ。墜落しても被害は最小限度だろう。多少の木々の補充は必要になるだろうが。

射出されたコクピットは、自動的にパラシュートを開き、風に舞って漂っている。

魏は生還できるだろうが、どこに下りようと逃げのびることはできないだろう。これだけ暴れまわったのでは、治外法権などなんの意味もなさない。

臆病風《カウアディス》か。言いえて妙ね。

美由紀はつぶやいて、踵《きびす》をかえした。

遠くでサイレンの音が沸いている。赤いパトランプの渦が、フロアの天井に明滅を映しだしていた。

人生の歩み

事件からひと月後の黄昏《たそがれ》どき、美由紀は由愛香の車椅子を押して、東京ミッドタウンの庭園を歩いていた。

そよ風に揺らぐ木々はライトアップされ、枝葉のすり合うざわめきと相まって、ここが都心であることを忘れさせる。すぐ近くに六本木交差点があるというのに、辺りはとても静かだ。車道の渋滞も歩道の雑踏も、何千キロメートルの彼方《かなた》に遠ざかったかのようだった。

「綺麗《きれい》……」由愛香が空を見あげてつぶやいた。

美由紀もその視線を追った。ミッドタウンタワーはガラスの塔のように光り輝いている。そして、その向こうに見える藍《あい》いろの空には、星が瞬いていた。

由愛香がいった。「星って、見えたんだっけ……。都内じゃ見えないかと思ってた。ずっと空なんて見てなかったから、わからなかった」

無言のまま、美由紀は由愛香の顔に目を戻した。

長い入院生活で、痩《や》せこけてはいるものの、血色はよさそうだった。手術の結果、内臓についてはほぼ問題なく縫合され、腰に残っていた銃弾は摘出、あとは骨折が治るまで歩行を禁じられただけのことだった。

「美由紀。わたし、また歩けるようになるかな」

「そりゃもちろんよ。主治医もそういってたでしょ？　リハビリに何週間かかかるけど、心配ないって」

「わたし、なんだか自信なくなっちゃった……」

「どうして？　由愛香らしくもない」

「だって」由愛香は目を潤ませて美由紀を見あげてきた。「わたしは自分のことばかり考える……。美由紀をあんな目に遭わせて、自分だけ助かろうなんて……。藍がいったように、わたしなんて生きてる価値なんかないのよ」

「それは違うわ。あなたは理想を実現しようと努力して歩んできた……。そのこと自体は、揺らぎようのない事実よ。ある意味では人生そのものだったんでしょ。わたしは、そんなあなたを尊敬してる」

「でも……。わたしはあなたを裏切った。あなたがわたしを信じてくれてるのに……。わたしにはあなたを信じることができなかった。わたしはただ、愚かなだけの女よ」

「そこは、わたしがあなたの感情を見抜けるっていうだけ……」

「ねえ、美由紀。ひとつ教えて」

「なに？」

「わたしがあなたをだまそうとしたとき……目薬をすりかえたとき、どうして気づかなかったの？　わたしが悪い感情を秘めていることは、読みとれたはずなのに……」

美由紀はしばし黙って、芝生を風が撫《な》で波打つのを眺めていた。

「いいえ。わたしにはわからなかった……。目に入ったものすべてを受けいれようとしているわけじゃないの。故意に疑うことを遅らせていたのかもしれない。けれど、どちらにしてもあなたのせいじゃないわ。あれは緊急避難だった。あなたにとって仕方のないことだった」

「あなたにとってかけがえのない能力を奪ったのに？」

「一時的なものよ。もう検診でも問題ないって言われてるし、動体視力のトレーニングも毎日つづけて、ほぼ元の水準を取り戻してるし……。由愛香も以前の生活に戻れたでしょ。財産も仕事も、すべてあなたの手もとに戻った」

「いくつかは失ったけどね……。この東京ミッドタウンのお店もそう。テナントの奪い合いが激しいから、あの事件直後にさっさと追いだされちゃった……」

「ガーデンテラスのいちばんいい場所だから、しょうがないのかもね。行ってみる？」

「……そうね。まだ次の契約者はオープンしていないらしいけど、夢の跡地を見ていくのも、悪くないかな」

美由紀は車椅子を押した。ショッピングモール付近の庭園から、ガーデンテラスへと歩を進める。

由愛香はつぶやいた。「ちょっと急ぎすぎたのかな……。人生の歩みについて」

「いいえ。あなたにはあなたの歩調があるわよ」

「だけど……」由愛香はそこで言葉を切った。行く手を眺めて、呆然《ぼうぜん》とつぶやく。「嘘。明かりがついてる。看板も……」

マルジョレーヌは、由愛香が最初に提案したとおりの姿に完成していた。予算をカットする以前の図面のままに。

「さ、なかに入ろうか」美由紀は告げた。

まだ信じられないという顔の由愛香が、店内に入ったとたん、驚きのいろを浮かべた。

開店の準備万端整ったマルジョレーヌの店内には、従業員の全員が戻ってきていた。

そして、彼女にとって馴染《なじ》みのある人々もいる。両親、かつてのクラスメート、地元の友人、知人。可能な限り上京して、集まってくれていた。

いっせいに、おめでとうという声があがる。

年老いた父と母が、由愛香に花束を贈る。

どこかぎこちなかったその両者の関係は、すぐに打ち解けていった。由愛香の顔に笑顔が浮かんだ。自然な笑みだった。両親の顔も、喜びと優しさに溢《あふ》れていた。

招待状を送るだけ送ったものの、美由紀にとっては初対面の人々がほとんどだった。そんななかで、顔見知りもいた。

舎利弗が、藍を伴って近づいてきた。舎利弗は綺麗にラッピングした贈り物を差しだしながらいった。「開店おめでとう。元気そうだね。そのようすじゃ、都内のお店を飛びまわる生活に戻る日も近いな」

由愛香はまだ呆然とした面持ちで、舎利弗からのプレゼントを受けとった。「だ、だけど……。どうして……？　テナント契約は破棄されたはずなのに」

「店長代理が再契約して、開店準備を進めてくれたからさ」

「代理って？」由愛香の目が美由紀をとらえた。「まさか……」

「それなりにお金はかかったけどね。でも楽しかったよ、お店のオーナーになったのは……」

「美由紀が切り盛りしたの？」

「いえ、ぜんぶじゃないの。わたしにも臨床心理士としての仕事があったから、資金繰り以外については、もうひとりの店長代理に頼んだのよ」

藍がいった。「雇われ店長だけどね」

由愛香は唖然《あぜん》としたようすだった。「藍……。あなたが……」

「若干センスが変わっちゃったかもしれないけどさ。ライトが多すぎたから、間接照明にしてちょっと薄暗くしてみた」

「……藍。ありがとう。とてもいいと思うわ」

「あのう、由愛香さん。以前は、酷《ひど》いこといってごめんなさい。わたし、気が動転しちゃってて……」

「そんなの、違うわよ。ぜんぶわたしが悪かった……。藍。まさか……ここまでしてくれるなんて……」

由愛香は涙をこぼした。肩を震わせ、泣きだした。

藍が笑いかけた。「いちど由愛香さんの立場を味わってみたかっただけ。店長ってやっぱ、自分の趣味追求するだけじゃ勤まらないよね。どれだけ由愛香さんが苦労してたか、やってみてよくわかった。……だから店長。この先よろしくお願いね」

自然に拍手が沸き起こった。オーナーとしての由愛香の復帰を歓迎する拍手。

どうやら、由愛香の涙はとまらなくなっているようだった。

美由紀は、そんな由愛香を後ろから抱きしめた。

「みんながあなたを愛してくれてる。そして信じてる」美由紀はささやきかけた。

「それを忘れないで」

解説

村上貴史

■新名所

自衛隊で戦闘機のパイロットとして非凡な才能を示し、その後カウンセラーに転じた岬美由紀二八歳。人の心を見抜くことから〝千里眼〟と異名をとる彼女は、武術や語学にも非凡な才能を示す一方、バイオリンやピアノもプロ級の腕前という存在だ。しかも抜群のスタイルと美貌《びぼう》を備えている。そんなスーパーヒロインを主人公とした《千里眼》シリーズが、角川文庫で新シリーズとして再スタートしたのが二〇〇七年一月のこと。一挙に三冊同時刊行という鮮やかな登場の仕方であった。そしてはやくも第四作が刊行される。本書『千里眼　ミッドタウンタワーの迷宮』である。

この角川文庫版の新シリーズ四冊に先立ち、小学館のハードカバーや文庫として、一二作の《千里眼》シリーズの作品が刊行されている。新シリーズの開始にあたって、松岡圭祐はシリーズの中心である心理学の扱いに関して、大きな方針転換を行ったことが、新シリーズ第一作『千里眼 The Start』の著者あとがきに記されている。一九九九年にスタートした旧シリーズでは、心理学に関するその時点での情報を、ケレン味あふれる仮説まで含めて取り込んで読者に提供してきたのに対し、新シリーズでは科学的視点が求められる設定については極力リアルに描こうというのだ。岬美由紀という主人公の魅力の根幹に関わる部分での方針転換だが、あえてそれを行うというのも、心理学に対して、そして読者に対しての誠実さの表れといえよう。

そうして細部のリアリティにこだわりつつも、波瀾《はらん》万丈のエンターテインメントとしての魅力がいささかも衰えていないのが新シリーズの特徴である。むしろ一冊がスリムになった分、スピード感が増大しているとさえいえよう。

その新シリーズの最新刊である『千里眼 ミッドタウンタワーの迷宮』は、自衛隊百里基地で開催された航空ショーでの核爆弾騒動や最新鋭の攻撃ヘリの盗難事件、さらに中国大使館を舞台とした陰謀などが盛り込まれた痛快な作品だが、そのなかで極めて重要な役割を果たしているのが、タイトルにも示された東京ミッドタウンの中核、ミッドタウンタワーである。六本木の旧防衛庁庁舎跡地に建設された高層ビルで、地上五四階という高さを誇る。四五階から五三階にはホテルが入り、その下にはいくつもの一流企業の本社が移転する予定だという。

〝予定〟と書いたのは、本稿執筆時点で、まだ東京ミッドタウンが開業していないからだ。開業予定は二〇〇七年三月末。そう、この『千里眼　ミッドタウンタワーの迷宮』の刊行直後に開業の予定なのである。実にフレッシュな素材を松岡圭祐は扱っているのだ。

しかも、単に東京の新名所だから新作の舞台にしてみました、というような扱い方ではない。ミッドタウンタワーが建築されたからこそ起こるという事件が描かれているのである。この構想力といい、それを実際の作品に仕上げるスピードといい、尋常ではない。本書の中盤以降で明かされるミッドタウンタワーの必然性を読み、是非とも松岡圭祐の才能を実感して戴《いただ》きたい。

■孤独と仕掛けと試練と

ミッドタウンタワー同様に本作品で重要な役割を果たすのが、高遠由愛香という二九歳の女性である。都内に一四もの飲食店をチェーン展開し、年商四〇億をあげる企業のオーナーである由愛香。新シリーズから登場したこの女性は、岬美由紀の自宅の合い鍵《かぎ》を持っているほど近い存在であり、新シリーズの三作ではコメディリリーフとしての役割を果たしてきた。その彼女と美由紀の関係が、本書では大きく揺さぶられている。要因は、前述した中国大使館が舞台の陰謀。この陰謀によって、由愛香の真の心がむき出しで美由紀にぶつけられ、美由紀は孤独を痛感させられてしまうのだ。

この岬美由紀の孤独感も、新シリーズを読む上で注目したいポイントだ。『千里眼　ファントム・クォーター』でも扱われていたテーマだが、本書ではそれがより深く掘り下げられている。中盤にさしかかるあたりで投げかけられる由愛香からの言葉のトゲが美由紀の心を刺し、終盤に至るまでその傷がえぐられ続ける。そして美由紀は「そう、最終的に、わたしは孤独だ」とまで思うようになるのである。その孤独感を岬美由紀がどのように決着させるかという点や、孤独に苛《さいな》まれる静の岬美由紀と、彼女の壮絶なアクションシーンとの対比も、本書の読みどころといえよう。

また、『千里眼　The Start』の冒頭で、被災者救出のために命令違反を犯した岬美由紀をかばい、自衛隊を除隊することになった板村久蔵元三佐の本書での再登場も、シリーズ読者にとっては嬉《うれ》しい要素だろう。もっとも、本書で彼が置かれた立場を読むと、単純に再登場と喜ぶことは出来ないのだが。

こうしたキャラクターたちで読者を惹《ひ》きつける本書だが、それに加えて、トリックの切れ味でも読者を魅了する。

例えば、急に金回りのよくなった人物をマルサが追及するという場面があるのだが、その背景が岬美由紀によって明らかになった段階で、読者は「そうだったのか!」と驚愕《きょうがく》し、納得するに違いない。〝犯人〟の真の狙いと、その狙いを実現するための手段(すなわち犯人が男に仕掛けたトリック)を、〝男の懐が不自然に潤う〟というかたちで表現してみせた松岡圭祐のセンスに脱帽である。

また、本書の賭博《とばく》シーンで用いられるいかさまトリックも実に鮮やかだ。ほんの小さな仕掛けなのだが、効果は絶大。その仕掛けと、それに対抗する岬美由紀の策略をあわせて愉《たの》しんで戴ければと思う。

そして、作者が岬美由紀に与えた試練が、より一層の迫力を本書にもたらしている点も指摘しておきたい。これまで数々の試練をくぐり抜けてきた岬美由紀だが、今回ほど追いつめられたことはなかった。敵側のある工作によって、岬美由紀が〝凡人〟になってしまうのである。そんな状況でも勝ち抜くことを強いられた岬美由紀の闘いに是非ご注目を。

■運と手腕といかさまと

愛新覚羅。

本書で数多くの頁を費やして描かれているカードゲームだ。この愛新覚羅による勝負の緊迫感が凄《すさ》まじい。従来の岬美由紀は、戦闘機や蹴《け》りなどを武器に敵と戦うという肉弾戦の印象が強かったが、この『千里眼　ミッドタウンタワーの迷宮』では、胆力の勝負を繰り広げているのである。しかも、相手は前述したようにいかさまを仕掛けてきており、岬美由紀は圧倒的に不利な状況での闘いを強いられる。一つのいかさまを、相手の思いも寄らぬ手段で彼女が防止すると、さらに巧妙なトリックが待ち受けているという次第だ。ありったけの知力と胆力を振り絞るこの闘い、ゲームの攻防にいかさまを巡る攻防がミックスされており、実にスリリングだ。ギャンブル小説を読む醍醐味《だいごみ》に満ちているといえよう。

ギャンブル小説といえば、我が国では、『麻雀放浪記』をはじめとする阿佐田哲也の著作群がその代表的存在として名高い。麻雀《マージャン》というゲームを通じて、人の心と運と腕とを鮮やかに描き出した名篇の数々。本書でギャンブル小説に興味を持たれた方は、是非読んでみて戴きたい。

近年では、白川道の『病葉流れて』三部作がスケールの大きなギャンブル小説として輝いている。その他、花村萬月も『二進法の犬』などで痺《しび》れるような賭博シーンを描いているし、五十嵐貴久は、『Ｆａｋｅ』においていかさま博打《ばくち》を通じた騙《だま》し合いで読者を愉しませてくれている。ＳＦという衣をまとった迫力満点のギャンブル小説、冲方丁『マルドゥック・スクランブル』にも手を出してみて戴ければと思う。

海外に目を向けると、騙しの着想が愉快なパーシヴァル・ワイルドの短篇集『悪党どものお楽しみ』や、若きポーカー・プレイヤーが帝王と呼ばれる大物に挑む姿を瑞々《みずみず》しく綴《つづ》ったリチャード・ジェサップ『シンシナティ・キッド』、レナード・ワイズがポーカーの勝負を真正面から描いた『ギャンブラー』など、魅力的な作品が数多く存在する。ギャンブル周辺でのスリラーとしては、ジャック・フィニイ『五人対賭博場』も見逃せない一冊である。

こうした作品と読み比べてみると、松岡流の博打場面の妙味や、愛新覚羅であるが故の面白味などが、より深く味わえるはずだ。賭《か》けてもいい。

■執念

さて、今回この解説を担当したおかげで、松岡圭祐の一作にかける執念を身を以《もっ》て知ることができたので、最後にそれを紹介しておきたい。

本書には、岬美由紀がミグに搭乗して成層圏にまで飛んでいく序盤のシーンをはじめとして、数多くの山場がある。しかも、それらのエピソードが関連しあう緊密な構造となっている。しかしながら、その山場のいくつかは(極めて印象的なシーンもそこに含まれるのだが)、刊行直前になって新たに追加されたものなのだ。だが、おそらく本書を読まれた方には、どこが追加部分なのか判らないだろう。それほど見事に新たなエピソードが編み込まれているのである。そして、それによって十分にスリリングで、ほとんど完成といっていい状態にあった『千里眼　ミッドタウンタワーの迷宮』が、さらに一層スリリングで、そして読者の心にしみる物語に進化したのだ。

このサービス精神、そして、この完成度。

本書を読まれる方には、これを是非とも知っておいて戴きたい。こうした魂を持つ松岡圭祐が《千里眼》シリーズを書いているのである。彼は、これからも我々を存分に愉しませてくれるに違いない。嬉しい限りである。

（ミステリ書評家）

奇数月は千里眼の月！

『千里眼　The Start』（角川文庫・１月）
『千里眼　ファントム・クォーター』（角川文庫・１月）
『千里眼の水晶体』（角川文庫・１月）
『千里眼　ミッドタウンタワーの迷宮』（角川文庫・３月）
『千里眼の教室』（角川文庫・５月）

次回作（2007年5月25日発売）

千里眼の教室

PASSWORD : thx1139

本書は書き下ろしです。

この物語はフィクションです。登場する個人・団体等はフィクションであり、現実とは一切関係がありません。

千里眼《せんりがん》
ミッドタウンタワーの迷宮《めいきゅう》

松岡圭祐《まつおかけいすけ》

角川文庫 14615

平成十九年三月二十五日　初版発行

発行者—井上伸一郎
発行所—株式会社角川書店
東京都千代田区富士見二—十三—三
電話・編集（〇三）三二三八—八五五五
〒一〇二—八〇七八
発売元—株式会社角川グループパブリッシング
東京都千代田区富士見二—十三—三
電話・営業（〇三）三二三八—八五二一
〒一〇二—八一七七
http://www.kadokawa.co.jp
印刷所—暁印刷　製本所—BBC
装幀者—杉浦康平

定価はカバーに明記してあります。

ま 26-104　ISBN978-4-04-383605-5　C0193

角川文庫発刊に際して

角川源義

第二次世界大戦の敗北は、軍事力の敗北であった以上に、私たちの若い文化力の敗退であった。私たちの文化が戦争に対して如何に無力であり、単なるあだ花に過ぎなかったかを、私たちは身を以て体験し痛感した。西洋近代文化の摂取にとって、明治以後八十年の歳月は決して短かすぎたとは言えない。にもかかわらず、近代文化の伝統を確立し、自由な批判と柔軟な良識に富む文化層として自らを形成することに私たちは失敗して来た。そしてこれは、各層への文化の普及滲透を任務とする出版人の責任でもあった。

一九四五年以来、私たちは再び振出しに戻り、第一歩から踏み出すことを余儀なくされた。これは大きな不幸ではあるが、反面、これまでの混沌・未熟・歪曲の中にあった我が国の文化に秩序と確たる基礎を齎らすためには絶好の機会でもある。角川書店は、このような祖国の文化的危機にあたり、微力をも顧みず再建の礎石たるべき抱負と決意とをもって出発したが、ここに創立以来の念願を果すべく角川文庫を発刊する。これまで刊行されたあらゆる全集叢書文庫類の長所と短所とを検討し、古今東西の不朽の典籍を、良心的編集のもとに、廉価に、そして書架にふさわしい美本として、多くのひとびとに提供しようとする。しかし私たちは徒らに百科全書的な知識のジレッタントを作ることを目的とせず、あくまで祖国の文化に秩序と再建への道を示し、この文庫を角川書店の栄ある事業として、今後永久に継続発展せしめ、学芸と教養との殿堂として大成せんことを期したい。多くの読書子の愛情ある忠言と支持とによって、この希望と抱負とを完遂せしめられんことを願う。

一九四九年五月三日